COMPAGNO BRUTALE

LEE SAVINO

TABITHA BLACK

CAPITOLO EXTRA ESCLUSIVO!

Vuoi leggere ancora di Kim e Aurus? Iscriviti alla newsletter di Pianeta dei re QUI (https://geni.us/omegaversefreebieIT) e ricevi come bonus speciale una novella che non è disponibile da nessun'altra parte!

Cosa dai a un re che ha tutto? Kim ha un'idea...

COMPAGNO BRUTALE

Un minuto sto tornando a casa da una discoteca, quello dopo mi risveglio in una gabbia.

Rapita dagli alieni. Ceduta a una razza aliena. Messa all'asta. Ma, invece di essere venduta al miglior offerente, vengo salvata da uno dei Brutali: i più grandi e più cattivi bulli dell'universo.

Ma non è un salvataggio. No davvero. Il mio soccorritore chiarisce che vuole qualcosa in cambio per avermi salvato la vita...

... un'omega.

Me.

1

EMMA

"Deve essere lì. Per favore, guarda di nuovo". Odio la nota lamentosa nella mia voce, ma in questo momento è impossibile non piagnucolare.

Le folte sopracciglia del buttafuori quasi si toccano mentre fissa prima il suo blocco per appunti, poi me. "Scusa", dice burbero. "Non c'è nessuna Emma Turpin qui nell'elenco".

Quello stronzo! Me l'aveva promesso! Una folata di vento minaccia di sollevare la mia minuscola gonna e prontamente sposto una mano sul sedere per bloccarla, mentre con l'altra stringo la mia borsa. "James Macklemoore. Ha detto che mi avrebbe segnato sulla lista. Lo conosci? Mi ha detto di venire qui stasera..."

"Se non sei nella lista". Il buttafuori si sporge in avanti, la sua crescente impazienza evidente. "Non sei sulla lista; quindi non entri. Solo su invito". Alza la sua grossa testa, offrendomi una bella visuale del suo ampio collo pustoloso, e si rivolge alla donna dietro di me: "Il prossimo!"

"Quindi co-cosa dovrei fare adesso?" belo.

Riportando la sua attenzione su di me, anche se la

signora dietro di me sbuffa, impaziente, il buttafuori alza le sue enormi spalle. "Tornare a casa?" propone.

Davvero di grande aiuto!

Ammettendo infine la sconfitta, mando giù un commento conciso ed esco dalla fila, facendomi da parte per permettere alla prossima persona speranzosa di sottoporsi al controllo all'ingresso. L'edificio che ospita l'ultimo e più famoso club BDSM in questa zona di Richmond non sembra granché dall'esterno, ma è diventato talmente popolare in così poco tempo che la capacità è limitata, e ora è il tipo di posto in cui puoi entrare solo se conosci qualcuno.

Ecco perché ho fatto salti di gioia quando la mia amica Susan mi ha detto di avere incontrato un ragazzo che poteva farci entrare.

Un ragazzo che, evidentemente, ha mentito.

Mi allontano di qualche passo dai buttafuori, dalla corda di velluto e dalla coda degli aspiranti ospiti del club. Ho bisogno di un momento per pensare, per riflettere sulle mie opzioni.

Un venticello gelido incrocia il mio cammino, facendomi rabbrividire mentre barcollo lungo il marciapiede ombreggiato. Indosso tacchi più adatti alla camera da letto che al passeggio, una gonna così corta che non oso piegarmi per paura di un'oscena esposizione e un top con scollo all'americana che mette bene in risalto le mie tette, ma non offre niente in termini di calore o comfort.

Sono le nove di sera. Stringo i denti per il freddo; ho già la pelle d'oca.

E non ho la macchina.

Speravo di farmela con qualcuno al club. Per riuscirci, avrei avuto bisogno di un po' di alcol che mi desse coraggio; così avevo deciso che avrei cercato un passaggio, invece di guidare io. Una mia amica che fa la cameriera in un altro club del centro si è offerta di lasciarmi qui mentre andava al lavoro.

Non mi era nemmeno venuto in mente che avrei potuto essere respinta alla porta. Susan è una delle mie migliori amiche e di solito non esce con quelli che chiamiamo *ragazzacci*: bugiardi, imbroglioni e così via. Mi aveva chiesto di aspettare che anche lei avesse una serata libera, così che potessimo andarci insieme, ma io, la signorina impaziente, ho dovuto rifiutare quel suggerimento, no? Le ho chiesto invece di convincere il misterioso James ad assicurarsi che il mio nome fosse sulla lista per venerdì sera.

Ovviamente così non è stato.

Dannazione!

Tirando fuori il telefono dalla borsetta, lo tocco per un momento, dubbiosa sulla mia prossima mossa. Tutta vestita elegante, senza un posto dove andare. Torno a casa, ammettendo la sconfitta? Provo in un altro club?

Un'altra pungente folata di vento mi sferza le cosce nude, e il brivido che ne consegue mi fa quasi piegare in due. Vaffanculo! Me ne vado a casa.

Potrei chiamare un Uber, ma non vivo così lontano, e potrebbe essere una buona idea smaltire un po' della frustrazione che ora sto cercando di tenere a freno. C'è anche una scorciatoia, se attraverso un paio di campi.

Lanciando un'occhiata alla coda, vedo che la donna che stava dietro di me è sparita: a quanto pare, ha avuto il permesso di entrare nelle sacre sale della *Retribuzione*. Probabilmente sta sorseggiando il suo primo drink e si sta godendo il calore all'interno. Forse è anche già stata abbordata da un dom alto e bello che le sta promettendo di farle ogni sorta di cose deliziose.

Intanto il naso comincia a colarmi per il freddo. Mi giro e comincio a fare ritorno a piedi al mio appartamento.

È proprio un classico. Perché a me? Perché mi succedono sempre queste cose?

Sono passati sei mesi da quando io e Dane ci siamo lasciati e, con il cuore spezzato per aver perso l'uomo che amavo e con cui stavo da più di un anno, mi sono buttata nel lavoro, decisa a non pensare agli appuntamenti, al sesso, al BDSM o a qualsiasi altra cosa per cui è richiesto un partner maschile attraente.

Fino a quando la stupida di Susan non mi ha parlato di questo stupido club e di quello stupido di James e tutti i miei desideri precedentemente sepolti non sono tornati a galla, al punto che ho pensato che sarei impazzita se non avessi sentito di nuovo le braccia di qualcuno intorno a me.

O la sua mano sul sedere.

O la sua lingua sulla...

Avendo raggiunto il primo campo, mi fermo a togliermi i tacchi alti, rabbrividendo per il terreno gelido sotto i miei piedi nudi. *Quando torno a casa*, giuro furiosamente, *mi metterò la mia calda e soffice tutina da unicorno e mi preparerò un'enorme tazza di cioccolata calda, con un sacco di panna e, forse, anche delle praline di cioccolata.*

Ho delle praline in casa?

Non importa. Anche senza guarnizione, c'è qualcosa di intrinsecamente confortante nella cioccolata calda. Soprattutto quando la abbini ai biscotti.

Uno dei vantaggi di rompere con qualcuno e avere il cuore a pezzi è l'inevitabile perdita di appetito, che comporta inevitabilmente una perdita di peso. Almeno per me. So che altri la affrontano in modo diverso, cercando conforto nel cibo, ma io non sono mai stata una di quelle donne. Tuttavia, anni passati a prendere la pillola mi avevano fatto accumulare una decina di chili di troppo, e una conseguenza di tutto quello schifo è che ora ho perso la maggior parte di quel peso.

4

Altrimenti, non sarei stata in grado di entrare in questi vestiti.

Se non fossi così dispiaciuta per me stessa, riderei della mia situazione attuale. Una volta che sarò a casa e non avrò più le gambe frustate da delle canne, invece che da un muscoloso dom, potrò forse già vedere il lato divertente di tutto ciò. Ma in questo momento mi sto organizzando una grande festa della commiserazione, e la mia infelicità non fa che aumentare quando barcollo, facendo *ciac ciac,* nel tentativo di mantenere l'equilibrio. Sento una sorta di risucchio e subito avverto una sensazione densa e disgustosa all'altezza del mio piede nudo. Sono finita dritta in una pozza di fango nero.

Fantastico, cazzo!

È troppo buio; riesco a malapena a vedere dove sto andando e qui intorno non c'è la possibilità di vedere bene il terreno e procedere con sicurezza; quindi decido di rischiare il tutto per tutto e fare un altro passo nella fredda, viscida massa scura.

Comunque, dicono che il fango sia ottimo per la pelle, giusto? Non ci fanno forse i trattamenti per il viso, alle terme?

Il procedere è più lento, ora che i miei piedi vengono risucchiati dal terreno a ogni passo. Spero vivamente che questa roba sia davvero fango e non la cacca di qualche animale. Sarebbe proprio una cosa orrenda.

Però nessun animale su questa Terra spargerebbe così tanto letame, a meno che un intero branco non decidesse di utilizzare lo stesso punto per defecare. Sto camminando e camminando; mi sto stancando sempre di più, e ancora non mi sembra esserci una fine in vista.

In effetti, mentre mi guardo intorno, tutto il paesaggio intorno a me pare muoversi, mentre diventa più nero, più minaccioso, più opprimente.

5

Qui, vicino a una grande città, di solito il cielo è relativamente chiaro anche di notte; anche quello, però, ora sembra essersi oscurato.

Che cavolo sta succedendo?

Mi fermo ancora sui miei passi, stringendo la borsa come per consolarmi, mentre i piedi nudi affondano lentamente nel fango freddo e viscoso, e mi guardo intorno, cercando di orientarmi.

Tutto intorno a me sta diventando sempre più scuro. Come se venissi soffocata da un'enorme coperta umida e nera.

Dal nulla, come se si fosse appena ricordato che ha bisogno di reagire a questo nuovo stato di paura, il cuore inizia a battermi all'impazzata e la gola sembra sul punto di bloccarsi.

Grandioso! Ora sto avendo un attacco di panico.

Con dita tremanti, cerco di tirare fuori il telefono dalla borsa. Sto immaginando le cose o adesso sento il fango intorno alle *caviglie*? Guardo in basso per una conferma.

Sì. Sto decisamente affondando.

Sprofondando nel fango.

Vaffanculo! Troppo terrorizzata anche solo per imprecare ad alta voce, getto di nuovo il telefono nella borsa, tiro su i piedi per liberarmi dal liquido appiccicoso e mi metto a correre.

O, almeno, ci provo. "Mi metto a inciampare" rende meglio l'idea, perché trascino i talloni nel fango, facendo uno strano tipo di *moonwalk* al contrario, con il cuore che si schianta contro la cassa toracica.

Sta diventando sempre più scuro, come se un pugno gigantesco e silenzioso si stesse chiudendo intorno a me. Non sto facendo alcun progresso. Ma cosa succederà, se smetto di combattere?

Con la borsa ancora in una mano, le scarpe nell'altra,

6

artiglio l'aria che si addensa, scivolando e scivolando nella direzione approssimativa di casa. Il mio corpo è insensibile. L'erba alta mi sferza le gambe nude, il vento mi scompiglia i capelli, ma io non sento niente. La realtà sta scivolando via, lasciando solo questo soffocante nulla nero, che mi avvolge in una nebbia oscura e densa.

Non posso scappare.

Il mio ultimo pensiero coerente, mentre comincio a girare in tondo nel fango, il petto ansante per il terrore, è: *Che cazzo sta davvero succedendo?*

Poi... più nulla.

2

EMMA

Frammenti di vetro mi trafiggono il cranio. Stringo forte gli occhi per resistere al dolore. Faccio un respiro profondo e balbetto qualcosa. L'aria è come fango: densa, viscosa, maleodorante. Come se mi fossi addormentata in un cassonetto; anzi, peggio.

In nome di Dio, dove sono?

Con estrema riluttanza, cercando di fare respiri meno profondi e di ignorare il pulsante mal di testa, sollevo le palpebre.

Sto sognando... be', sto avendo un incubo. Sto avendo le allucinazioni, ecco. Non è possibile che questa sia la realtà.

Non può essere.

Sono in una gabbia. Una vera gabbia. Una luce cupa si riflette sulle sbarre. La rete metallica sotto di me affonda nel mio sedere nudo. Mi sposto e altre fitte di dolore mi trafiggono la testa. Mi lacrimano gli occhi mentre mi premo una mano sulla fronte e piagnucolo.

Il fetore di questo strano posto mi fa pensare a un logoro panno umido che mi copre il viso. Con movimenti lenti, agito la mano davanti al naso. Mi fanno male le braccia, come se avessi fatto un centinaio di flessioni. Ho anche un forte mal di stomaco. Ricordando che ho sempre delle medicine nella borsa, le cerco. Non le vedo da nessuna parte. Non vedo nemmeno le mie scarpe. Devo aver perso sia le une sia le altre venendo qui. Fanculo!

Afferro le sbarre, soffocando e ansimando. E resto di pietra.

Non sono sola. Intorno a me ci sono forme che non potrebbero mai essere definite "esseri umani". Creature? Alieni? Prodotti della mia immaginazione, in ogni caso. Stanno grugnendo tra di loro in una lingua che non potrei nemmeno sperare di pronunciare, figuriamoci capire, e mi premo una mano tremante sulla bocca per soffocare l'urlo che minaccia di sfuggirmi.

Non sta succedendo questo. Sto solo vivendo un terribile, vivido incubo. Tra un minuto mi sveglierò e mi ritroverò nel mio morbido e soffice letto.

Dopotutto, è quella la vita reale. Non è possibile che io sia davvero in una gabbia, sorvegliata, a quanto pare, da una mezza dozzina di cose che assomigliano a ciò che otterresti se King Kong si fosse accoppiato con un T-rex.

Alti quasi due metri e mezzo, hanno corpi enormi e musi luccicanti e piatti. Una spessa pelliccia nera copre i loro torsi e braccia, mentre le loro metà inferiori sembrano più... "lucertolose", con scaglie e code spesse, lunghe e smussate. Le braccia sono piuttosto corte, ma con dita dotate di artigli.

Non ho mai visto niente di così terrificante. Nemmeno nei film.

Inspiro un'altra volta profondamente ed emetto un colpo di tosse-borbottio-gemito. Al diavolo questa strana aria aliena. C'è un pugno, intorno ai miei polmoni, che li stringe. Non riesco a prendere abbastanza ossigeno.

Grandioso! Soffocherò nel bel mezzo di un bizzarro incubo.

Le creature devono avermi sentito. All'unisono, girano tutte la testa per guardarmi, inclinandola di lato come fossero uccelli.

Le fisso a mia volta. Devo avere un'immaginazione davvero impressionante, se dissemino così tanti dettagli in un sogno. Le creature si muovono con grazia fluida, contraendo le code dietro di sé.

Una di loro grugnisce qualcosa ad un'altra. La seconda si dirige a un tavolino in un angolo e torna tenendo in mano, gioia delle gioie, un'enorme siringa.

Odio gli aghi. Li detesto proprio. E questo quando vengono utilizzati da un essere umano preparato e professionale in ambiente medico, per la mia salute, non quando un ago di grandi dimensioni viene brandito contro di me da un'orribile creatura aliena mentre sono intrappolata in una gabbia.

Il panico, che già è a un livello mai raggiunto prima, aumenta di un'altra tacca.

"No!" urlo, facendo sbattere le sbarre della gabbia in un patetico tentativo di... fare cosa, esattamente? Piegarle o romperle, così da poter scappare? Spaventare queste enormi creature? "No, per favore, non infilarmelo dentro, per favore... Farò qualsiasi cosa... Voglio solo andare a casa".

Un'enorme mano con la punta ad artiglio mi afferra un avambraccio e mi tira su contro le sbarre. La forza della creatura è innegabile. Se decide di non lasciarmi andare, non andrò da nessuna parte...

Mentre punta la siringa al mio collo, le mie dita dei piedi, nude e ancora incrostate di fango secco, raschiano il freddo pavimento di pietra.

Aspetta un attimo. Il mio collo?

"Non mi vorrai conficcare quella cosa nel collo!" Dico con tutta l'autorità cui posso fare appello. "Scordatelo! Non. Succederà".

La cosa grugnisce. Sento una puntura acuta nel punto sensibile sotto l'orecchio destro, e poi, per la seconda volta in quella che presumo sia la stessa sera, tutto si oscura.

QUESTA VOLTA, quando mi sveglio, il tormentoso mal di testa è svanito per mutarsi in un dolore sordo, e posso aspirare aria più facilmente. C'è ancora uno strano tanfo di muffa, ma non soffoco più ogni volta che provo a riempire i polmoni.

Il lato del mio collo pulsa e sono raggomitolata a palla in un angolo della gabbia. Le strane creature simili a gorilla-lucertole sono ancora lì e parlano tra loro grugnendo sommessamente.

"...si svegli a breve..."

"... che sia arrivata qui giusto in tempo per l'asta..."

"... spero che il chip traduttore riconoscerà la sua lingua madre e che funzionerà..."

"...così piccola e fragile; sicuro che non la spezzeranno?"

"...comincerà a breve; speriamo che si svegli in tempo..."

Sono esausta, spaventata a morte e confusa; perciò mi occorre un momento per rendermi conto che posso davvero capire cosa stanno dicendo. Com'è possibile? Qualche strana tecnologia aliena? Ha qualcosa a che fare con quello che mi hanno iniettato?

Poso un dito sul punto del collo in cui è entrato l'ago e ci do un colpetto sopra, che mi fa trasalire. C'è un piccolo nodulo appena sotto la superficie della pelle. Un chip? Questi stronzi mi hanno *davvero* microchippato?

O sto ancora sognando e immaginando davvero tutto questo?

Deglutendo a fatica, con la gola secca, prendo un altro respiro all'odore di muffa e chiamo ad alta voce: "Ehi! Voi!"

Immediatamente si zittiscono e, all'unisono, proprio come l'ultima volta, tutti girano la testa verso di me.

"Sei sveglia", grugnisce uno di loro, avvicinandosi di un passo alla mia gabbia.

"Non grazie a voi!" *Calma, Emma, non inimicarteli.*

"No... grazie?" Un altro degli alieni inclina la testa, riflettendo sulla mia affermazione. Quindi sembrano capire quello che sto dicendo. Più o meno.

"Significa... oh, non importa". Sospiro. "Chi di voi è il leader?"

"Leader?" La parola che usa la creatura è un'esclamazione gutturale, ma la capisco lo stesso perfettamente. Che strano...

"Sì. Chi comanda? Chi è il capitano? Il direttore? Il boss? Sai, il grande capo".

Tutti si guardano l'un l'altro a turno. Poi uno sussurra qualcosa. Ha una cicatrice blu sul sopracciglio. "Io", dice, in un tono di incredulità.

Ho l'impressione che qui non ci siano gerarchie e stiano solo fingendo con me. Non mi interessa. Tornerò a casa, in un modo o nell'altro. Questo è il mio unico obiettivo. "Okay, lo dico a te". Mi rivolgo a Cicatrice Blu con il tono più dolce che riesca ad assumere: "Penso che sia stato fatto un errore. Io non dovrei stare qui. Non voglio che ti venga fatto del male... idealmente, non voglio che venga fatto altro male nemmeno a *me*; quindi che ne dici di farmi uscire da questa gabbia e mostrarmi come tornare a casa?"

Si avvicina, e il suo sguardo incontra il mio. I suoi occhi sono rotondi e scuri, pozze profonde con vortici d'argento. Ipnotici. Sbatto le palpebre e distolgo lo sguardo. "No", dice alla fine. "Tu resti qui. Vai all'asta Sei buona per gli ulfarri o altri offerenti".

Aspetta... Cosa? Non sono sicura di aver sentito bene. "Asta?" dico lentamente.

"Sì. Schiave. Andrai presto in calore e questo va bene per l'accoppiamento con gli alfa. Gli alfa pagano bene per una buona compagna".

Mi prendo un momento per digerire questa assurdità. *Quindi, vediamo se ho capito bene: in un solo venerdì sera mi è stato negato l'ingresso in un kink club, mi sono allontanata dalla porta e poi sono precipitata in un'altra dimensione attraverso un condotto spazio-temporale viscido e fangoso? Una galassia? Qualcosa di alieno, comunque. Poi sono stata rinchiusa in una gabbia, mi è stata iniettata chissà cosa contro la mia volontà (anche se abbiamo già stabilito che si tratta di una specie di microchip e software di traduzione), e ora mi metteranno all'asta come schiava del sesso per una cosa chiamata "Alfa"?*

Sì... questo non succederà.

Mai.

Poi un'altra parte della sua affermazione si fa strada nella foschia confusa della mia mente in corsa.

"Aspetta un momento. Hai detto che andrò presto *in calore*?" chiedo, sbalordita da quanto la mia voce suoni calma e razionale, anche se non riesco proprio a credere che io stia avendo questa conversazione.

Cicatrice Blu annuisce. "Vai in estro e impazzisci per gli alfa. Fai impazzire gli alfa per te. Ti accoppierai. Genererai dei figli".

"Oh, davvero?" A questo punto, il mio sopracciglio sinistro è così sollevato sulla fronte che starà quasi toccando l'attaccatura dei capelli. "Non credo... come ti chiami? Sei tu Ulfarri?"

Questo fa sì che le altre creature emettano una serie di gracidii, un'orribile risata gutturale. Almeno, presumo che ciò che stanno dimostrando sia allegria.

Cicatrice Blu scuote la testa. "Noi ogsul, non ulfarri. Gli ulfarri sono I Brutali. Tutti hanno paura degli ulfarri. Ma non preoccuparti: sono gentili con loro compagne".

"Certo che lo sono", mormoro sottovoce. "Non sono maschi *umani*".

Anche se le creature riunite non sembrano aver colto il sarcasmo, trovo un po' di conforto nel fatto che, nonostante questa orribile situazione, non ho ancora perso il mio senso dell'umorismo.

Francamente, a questo punto, non mi sembra di avere molto altro.

"Ma non solo ulfarri all'asta", continua Cicatrice Blu. "Anche altri. Vincerà il miglior offerente. Forse tu fortunata. Forse non vieni presa da un ulfarri".

"Gli ulfarri si accoppiano molto", grugnisce un'altra delle creature. *Evviva! Commento dalla piccionaia.* Trattengo un sospiro mentre continua: "Cambiano molte volte femmina. Prendono schiave del sesso. Le sfiniscono".

"Capisco". La mia voce ha in effetti una nota di noia. Sono in sovraccarico. Non posso prendere sul serio nulla di tutto questo. Se lo faccio, impazzirò. E non ho l'energia per un vero e proprio attacco di panico. È tutto così assurdo e così lontano anni luce dalla realtà che non può essere vero. O che stia realmente accadendo.

Certa che mi sveglierò da un momento all'altro, mi sento libera di far trasparire la mia monella interiore. A quanto pare, queste cose mi hanno rapito. Non posso combattere, ma posso insultarle.

Non che questo sembri infastidirle molto. Purtroppo.

Mi accovaccio e il top si abbassa, esponendo una porzione più ampia del mio seno. Cerco di coprirmi, ma i vestiti da club sono strappati, sporchi e completamente rovinati. "Hai qualcos'altro da farmi indossare?" chiedo a Cicatrice Blu. "Chi vorrà fare un'offerta per me, se sono vestita così?" Non voglio che qualcuno faccia un'offerta per me, ma voglio sentire cosa dirà lui.

Cicatrice Blu alza le spalle. "Agli offerenti non interessa...

l'abbigliamento". La sua bocca si spalanca in quello che deve essere il sorriso più orribile dell'intero universo conosciuto, rivelando strani denti squadrati. "Non preoccuparti. Ti ritroverai nuda molto, molto presto". Il suo alito puzzolente mi colpisce in viso e i miei occhiali rosa vanno in frantumi.

Mi aggrappo al mio top rovinato, con lo stomaco che si contrae. "Che cosa?"

"Sì". Cicatrice Blu annuisce. "Aspetta, omega".

Omega?

"Non so di cosa stia parlando". Mi sforzo di far uscire le parole nonostante il groppo in gola. "C'è stato un errore. Io sono umana".

"Sì. U-man. E ora omega. Fatta per scopare". Fa un cenno verso il mio corpo. Mi rendo conto che sto tremando.

Che cosa?

"Presto andrai in estro. Alfa sentirà il tuo odore. Si accoppierà con te. Si legherà a te".

"Non è, non sono..." Sto balbettando.

"Lo sei, ora. Omega". Cicatrice Blu mi guarda, ma io non riesco a porgli altre domande. Porto in fretta la mano alla bocca. Se vomito ora, non potrò cambiare gli abiti sporchi. Non che ci sia qualcosa nel mio stomaco.

Vorrei solo essere a letto, a casa, da sola. "Svegliati, Emma", mormoro. "Per favore, per favore, svegliati".

C'è un terribile, fastidioso rumore di metallo che stride sul metallo, e io sussulto. Una delle altre creature sta aprendo la gabbia.

"È ora, omega", mi annuncia Cicatrice Blu, con i suoi lunghi denti che lampeggiano nella luce fioca. "Vai all'asta".

3

KHAN

Gli spazioporti hanno sempre un odore forte: il risultato di così tante specie stipate in un piccolo spazio. Trattengo il respiro per evitare l'odore stantio dell'aria riciclata mentre percorro i bui corridoi che conducono dalla mia nave alla buia cantina. Solo dopo essermi sistemato a un tavolo mi aggiusto il cappuccio e prendo un bel respiro. Il miscuglio di profumi non è sempre sgradevole. Ci sono così tanti odori tutti in una volta. Non c'è da stupirsi che i miei compagni alfa preferiscano il nostro pianeta natale ai viaggi nello spazio.

Oggi l'aria ha il forte odore di muschio degli ogsul, la specie rettiliana che gestisce l'asta. Ce n'è un milione che si aggira furtivamente in questo spazioporto. L'accenno di zolfo proviene da un buruwr, una creatura gigantesca e gelatinosa seduta sulla sua stessa scia di melma proprio di fronte al palco dell'asta. Ma sotto la soffocante accozzaglia di odori emerge un profumo delicato. Fragrante. Fiorito. Leggermente muschiato.

La cantina è piena di creature aliene, ma non vi è segno di cosa potrebbe emanare un aroma così straordinario. Il profumo sta diventando più forte, come se qualcuno riempisse la stanza con un mazzo di fiori. Ma non è un fiore; è una femmina. Girano voci riguardo alla presenza di una femmina speciale nello spazioporto. Ecco perché sono qui.

Lo sgabello scricchiola sotto di me mentre sposto il mio peso. Alcune creature mi lanciano un'occhiata e subito distolgono lo sguardo dal mio. Nessuno vuole attirare l'attenzione di un ulfarri alfa.

Busso al minuscolo tavolo e, dopo un minuto, un riluttante ogsul attraversa la stanza arrancando per portarmi un drink.

"Brutale". L'ogsul si inchina e lascia il tino fumante della mia bevanda fermentata preferita sul tavolo, accanto a me. Annuso il liquido oleoso, ma non lo tocco.

"Aspetta", ringhio. Un tremito sale dalla coda squamosa alle spalle pelose, ma l'ogsul si ferma. "Dimmi dell'asta".

Silenzio. Non occorre che io negozi o minacci. Essendo un alfa, la mia reputazione mi precede. Ci chiamano I Brutali per un motivo.

"Scusi", dice l'ogsul. "Chiamo il mio capo". E scappa via.

Mi sistemo di nuovo sullo sgabello. Il profumo di miele sta diventando più intenso, più dolce. Mi fanno male i canini e, in risposta, il mio stesso, ricco profumo sta diventando più forte.

Forse le voci sono vere. Forse i miei viaggi per le galassie hanno finalmente avuto successo. Forse è giunto il momento per me di trovare ciò che ho cercato da tutta la vita, ciò per cui qualsiasi alfa sarebbe disposto ad uccidere: un'omega.

"Brutale". Un altro ogsul, più alto e con gli occhi sporgenti, appare al mio tavolo. Non trema, ma rimane rigido, a una certa distanza. Gli faccio cenno e lui muove un piccolo passo verso di me.

Ora che mi è vicino abbastanza, mi chino in avanti, tenendo il viso nell'ombra e la voce bassa. "Hai la femmina?"

17

I folti peli neri sulle sue braccia si sollevano. "Abbiamo molte femmine. Per l'asta". Il suo braccio tozzo si muove verso il palco.

"Ma la..." Se pronunciassi la parola *omega*, sarebbe come gridare. "Ho sentito che hai qualcosa che voglio", mormoro.

Davanti a me, alla mia destra, il gigantesco buruwr, simile a una lumaca, trema, mentre fa colare sul pavimento un altro po' di sostanza appiccicosa, dall'odore amaro. Le creature di tutto l'universo pagheranno per piantare il loro seme nel profumato, sacro grembo dell'omega. Se il buruwr vincerà la gara, prenderà ciò che è mio.

Non vincerà. Faccio scivolare la mano verso il basso per accarezzare la curva nascosta della mia scimitarra.

"Si dice che hai trovato quello che sto cercando. Sono qui e sono disposto a pagare".

La gola della creatura vibra, mentre un profumo amaro si sprigiona dalla sua pelle ispida e squamosa. Ma, quando metto un sacchetto di monete sul tavolo, spalanca gli occhi.

"Sì", dice l'ogsul, scuotendo la testa. "Un'omega".

"Ne hai una?" Dimentico chi sono e ringhio. L'ogsul balza indietro di una lunghezza, più veloce di quanto dovrebbe muoversi una creatura così ingombrante. Stringo il pugno intorno all'elsa della mia scimitarra. "Dov'è l'omega? Dimmelo, adesso". Ho cercato a lungo una femmina che sostituisse degnamente le omega della mia specie. Finora non ho avuto fortuna.

"La prepariamo. Asta".

"Lei è un'ulfarri?"

"No, Brutale".

Maledizione! Probabilmente una creatura con mammelle di mucca. Ma un utero è un utero. E io voglio degli eredi.

"Abbiamo il siero", squittisce. "Abbiamo trovato una creatura che può prendere il siero omega".

Interessante. Devo saperne di più su questo siero. Ma prima... "Descrivimi questa creatura".

"È chiamata *u-man*". L'ogsul tira fuori un olopad e mi mostra un'immagine confusa: non si vede quasi nient'altro che un visino spaventato, circondato da una massa di capelli dorati, che sbircia tra le sbarre di una gabbia. Tra i vestiti strappati si intravede la pallida pelle.

"Fragile", dico con tono irrisorio. "Questa non mi soddisferà". Non ne sono certo. Non lo saprò finché non sarò in una stanza con lei. E se lei è un'omega...

"È senziente", mi informa l'ogsul. Fa un passo avanti, apparentemente superando la paura, nella sua ansia di concludere una vendita. "Carina. Non la deluderà".

"Va bene". Faccio finta di non essere troppo interessato. "Fammi vedere".

La gola dell'ogsul si muove su e giù, prima che lui risponda: "Asta presto".

Ringhio di nuovo, e il mormorio sommesso nella cantina viene come risucchiato. "Non desidero partecipare a un'asta", affermo nel totale silenzio.

"Molte creature qui per vedere l'u-man".

U-man. Piego la lingua per articolare la parola straniera. Questo è un altro vicolo cieco. "Molto bene". Agito una mano e l'ogsul si inchina e continua a farlo mentre indietreggia. Come se gli avessi fatto un favore. Cosa che ho fatto. Forse non ucciderò nessuno, oggi.

La mia gola vibra emettendo un ringhio sommesso. Stringo la mano attorno all'elsa della mia lama. Sono orgoglioso del mio autocontrollo, ma c'è una situazione in cui anche un alfa fa fatica a mantenerlo: il calore. Nella fase di accoppiamento, anche gli alfa più potenti sono dei decerebrati quando annusano una piccola, dolce omega nelle vicinanze.

E io sono potente come loro. Ho scopato femmine di

ogni taglia, forma e specie, e mi sono divertito molto; ma c'è un tipo che mi è sfuggito.

La sacra omega.

La mia compagna predestinata. L'unica femmina che sono nato per scopare.

Questa u-man potrebbe davvero essere un'omega?

Mi lecco le labbra. Ora il profumo è più forte. È ancora delicato e dolce, ma sta aumentando di intensità. È l'u-man? Il mio uccello è desto e sta pulsando nelle mie brache.

La cantina è quasi piena, ora. Le creature stanno in piedi tra i tavoli, rivolte al palco. Sono venute a guardare a bocca aperta le graziose schiave di tutte le specie diverse, dotate di chip di traduzione che permetteranno loro di capire e parlare qualsiasi lingua conosciuta, indipendentemente dalla loro origine.

Gli ogsul sono dei tipi strani, ma tengono una buona asta. Ho sentito dire che avevano un siero in grado di produrre omega, ma solo ora questo è stato verificato. L'ultima delle omega è scomparsa su Ulfaria una generazione fa. Se riuscirò a trovarne una... potrò riprodurmi.

Nella foto, l'u-man era un essere pallido e dall'aspetto fragile, ma, se davvero emana un tale profumo, la comprerò. E se qualcuno proverà a fare un'offerta più alta, gli mostrerò perché i membri della mia specie, gli ulfarri, sono chiamati "I Brutali".

Forse questa notte sarà più promettente di quanto pensassi.

Mi alzo in piedi e vado all'ombra, per appoggiarmi al muro incrociando le braccia. Sono abbastanza alto da poter vedere facilmente sopra le teste degli altri maschi riuniti nella stanza. Un'ampia varietà di specie è venuta per acquistare una femmina, a giudicare dai maschi puzzolenti che affollano questa cantina. I piccoli, crudeli rheeza, con i loro teschi cornuti e il naso appuntito. I docili, quasi dolorosamente timidi alags, con le loro quattro braccia e la loro pelle viola. In un angolo sta curvo un raro haggat. Così pallido da essere quasi traslucido, ha un terzo occhio fiammeggiante, che ora scorre avanti e indietro sulla folla di maschi qui riuniti, ognuno dei quali, a quanto pare, alla disperata ricerca di una femmina omega.

Sono tutti deboli rispetto a me. Rispetto agli alfa. Già compatisco le femmine che compreranno. Quella che sceglierò io, nel caso trovassi un'u-man degna, di certo mi sarà grata per l'opportunità che le avrò offerto di sfuggire a un destino molto peggiore.

C'è uno stridio, poi un crepitio, e poi un ogsul arranca sul palco. Ha in mano un microfono e sembra enormemente soddisfatto di se stesso.

"Signori, grazie per aver fatto un così lungo viaggio", inizia con la sua voce gutturale e dall'accento marcato. Sembra avere un vocabolario molto più ampio rispetto alla maggior parte degli ogsul che ho incontrato prima. "Come sempre, abbiamo una vasta gamma di femmine tra cui scegliere; quindi, per favore, siate generosi nelle vostre offerte". Esita, poi mormora e si sporge in avanti. "Sono particolarmente lieto di potervi dire che stasera abbiamo in offerta per voi uno dei tipi più rari di femmine". Fa un'altra pausa ad effetto, prima di continuare: "Un'omega".

C'è un ronzio di eccitazione che gira per la stanza, e so che ogni altro maschio sta pensando la stessa cosa che sto pensando io.

Quell'omega sarà mia.

Il fetore nauseabondo nella stanza si intensifica mentre le dozzine di maschi si sporgono in avanti, desiderosi di dare un'occhiata alla prima schiava in vendita. Infilo la testa ancora di più nel cappuccio per ottenere un po' di tregua dalla miscela di sudore e testosterone. Nessuna traccia del dolce profumo floreale di prima, il profumo di miele perfetto, come la luce del sole sulla mia lingua. Maledetto il mio olfatto sensibile! Avrei dovuto portare una maschera per la respirazione. Grazie a Ulf, non sono in calore, altrimenti a quest'ora mi verrebbe da vomitare.

"La prima femmina in offerta è la numero 327, una piccola e timida tyreen!"

Si leva un profondo brontolio di voci sommesse quando la schiava, ovviamente pietrificata, viene spinta senza tante cerimonie sul palco. Ha folti capelli neri che le ricadono a onde fino alle ginocchia, il vestito è strappato e tutti e sei i suoi capezzoli sono chiaramente visibili attraverso il tessuto trasparente. Dalla mia posizione in fondo alla stanza posso quasi percepire il suo tremore. Mi sporgo in avanti e inspiro profondamente, concentrandomi per separare il suo profumo dagli altri odori della stanza. C'è sicuramente una traccia di dolcezza di fondo, ma non mi trasmette alcuna emozione. Mi appoggio all'indietro e torno a incrociare le braccia.

Una femmina con sei seni e una pelle lilla chiara attirerà sempre l'attenzione dei maschi, e parte una raffica di offerte, che vengono ruggite da un'estremità all'altra della stanza. Alla fine, la tyreen viene venduta a una grande bestia dajok, che ha difficoltà a nascondere il suo sorriso compiaciuto mentre si dirige verso il palco per reclamare la sua nuova schiava.

Una dopo l'altra, femmine di ogni tipo vengono condotte sulla piattaforma di legno, tutte più o meno svestite. Alcune sembrano pietrificate, altri ribelli. Ma tutte vengono vendute, a prescindere. Non c'è scampo. Così va l'universo.

Accarezzo l'elsa della mia scimitarra. Sono passati secoli e non c'è ancora alcun segno della promessa u-man. Il fetore di così tante specie stipate in un piccolo spazio è talmente spesso da potersi tagliare con un coltello. Ho ancora molta concorrenza. Solo i più ricchi e potenti hanno una possibilità di accaparrarsela; perciò i maschi delle specie inferiori si accontentano degli altri beni offerti. La maggior parte di loro ha già preso con sé i nuovi acquisti e se ne è andata; quindi ora ho una chiara panoramica dei maschi che devo battere per poter far mio il raro gioiello.

"E ora, lasciando il meglio per ultimo, sono orgoglioso di presentare l'omega promessa! Un'u-man!" annuncia il battitore ogsul.

Mentre il piatto forte della serata viene spinto sul palco, i restanti maschi si sporgono in avanti all'unisono, me compreso.

Quindi, questa è un'u-man. È più piccola di quanto mi aspettassi, molto più piccola. Pelle rosa pallido, due braccia, due gambe, due seni. Ma la nuvola di capelli arruffati intorno alla testa è di un oro scintillante, i suoi occhi sono enormi e innocenti e, quando il suo profumo ricco e mieloso colpisce le mie narici, trattengo un ruggito perché il calore mi attanaglia senza preavviso; senza alcun preambolo.

Improvvisamente, il mio membro è solido come una roccia e sta pulsando, la pelle mi pizzica e il battito risuona nelle mie orecchie.

Non sono più in grado di formare un pensiero coerente. Tutto il mio essere urla una cosa sola:

Lei sarà mia.

4

EMMA

Per quella che mi è sembrata un'eternità sono stata sorvegliata dietro le quinte, nascosta fuori scena da un sipario rudimentale, in attesa del mio turno, mentre una femmina dopo l'altra veniva costretta a uscire per essere esposta agli sguardi lascivi e poi venduta come bestiame al mercato. Le strane creature aliene fanno in modo che sia accerchiata, e non c'è alcuna speranza di fuga. Inoltre, dove andrei? Non è che potrei correre fuori e salire su un autobus o chiamare un Uber.

Per quanto ne so, sono su un'astronave. O su un altro pianeta.

E ancora non riesco a credere che sto anche solo contemplando questa possibilità. Mi fa male la testa solo a pensarci. Quando mi sveglierò? Darmi dei pizzicotti non mi è stato di alcun aiuto, però; quindi, per ora, tutto quello che posso fare è stare qui e aspettare il mio turno, cercando invano di reprimere il panico, che ancora minaccia di prorompere in un urlo.

Sto davvero per essere venduta come schiava del sesso?

A un *alieno*?

Le persone – pardon, creature – che fanno offerte per le femmine sono un gruppo rumoroso e sguaiato, ma non riesco nemmeno a intravederle dal punto in cui mi trovo. Non sono sicura se sia un bene o un male. Posso certamente annusarle, però: un profumo denso e pesante che ricorda vecchi calzini e naftalina. La mia bocca è piena di un sapore amaro.

A giudicare dalla varietà di forme e dimensioni delle femmine che sono state spinte sul palco, non si può dire che aspetto avranno i maschi. La prima schiava venduta aveva sei seni.

Chi mi acquisterà? Forse sarò fortunata e attirerò qualcuno con una coscienza o un cuore gentile, che avrà pietà di me quando si renderà conto che non sono fatta per stare qui e mi aiuterà a tornare a casa.

Per favore, fa che non sia un alfa. Chiunque, tranne gli ulfarri di cui parlavano i miei rapitori, i bruti assetati di sesso che logorano le femmine a un ritmo allarmante. Tutto quello che volevo era una serata divertente. Ora sto tremando con addosso quel che rimane dei miei vestiti, mentre prego di non farmi scopare a morte.

Il mal di testa è diminuito, ma la pelle è arrossata, febbricitante. I brividi mi attanagliano, alternandosi a lampi di calore infuocati. Ho i crampi allo stomaco. Se sto male per il fetore dell'aria aliena, per la paura, per la roba che l'ogsul mi ha iniettato... nessuno lo sa.

Improvvisamente, una delle creature che mi sorvegliano mi afferra un braccio e il cuore mi salta in gola mentre vengo spinta al centro del palco. Le luci intense mi accecano e sbatto le palpebre rapidamente, cercando disperatamente di vedere il pubblico. Sento il banditore che dice qualcosa su un'umana, e le mie ginocchia diventano acqua. Sono ancora in piedi solo perché uno dei miei rapitori mi sta sorreggendo.

Questo è il peggior incubo che abbia mai avuto, o che mai avrò. È giunto il momento di svegliarsi, cazzo!

Lentamente, sono in grado di distinguere le forme che mi stanno davanti nella stanza buia. Il posto è pieno di dozzine di creature aliene – alcune con piume, altre con il muso, altre ancora che sembrano fatte di lame – e urlano l'una sull'altra, saltando su e giù, gesticolando al punto che l'ospite fa fatica a tenersi al passo con le offerte. Il posto risuona come un'aia. Non c'è alcun equivalente terreno alle urla e ai gemiti disumani che sto udendo.

Puzza anche di aia. Il fetore mi fa venire il vomito. Mi piego in due, cercando di coprirmi il petto con le braccia, ma il mio bicipite è ancora in una morsa. Respiro con la bocca, sentendomi nauseata e febbricitante, e fisso il palco, cercando di fingere che non stia succedendo.

Ma sta succedendo.

Di fianco a me il banditore ogsul sta urlando. Allunga un braccio tozzo e mi afferra il mento, costringendomi ad alzare il viso. Di nuovo, il fetore mi colpisce. Per reazione, sbatto le palpebre, vacillando sui miei piedi. Cadrei, se non fosse per la mano – una catena attorno al braccio livido – del mio rapitore ogsul.

Il banditore indica una cosa simile a una lumaca gigante che tremola vicino alla parte anteriore del palco. Sono stata appena venduta a Jabba the Hut? Gli alieni che affollano il palco ridacchiano e strillano.

Abbasso subito la testa, ma non ottengo sollievo. Il rumore, la confusione di colori e forme aliene turbinano fino a diventare una cosa sola. La mia pelle è bollente. Ansimo per prendere aria, ma ora un profumo stucchevole sta salendo a ondate dal mio corpo. Non riesco a respirare.

Un ruggito profondo, primordiale risuona nella stanza, sovrastando tutto il resto. Il suono è come un tuono, che precede le scariche di emozione che ora lampeggiano lungo

26

la mia schiena. Indietreggio, incapace di fuggire a causa dell'ogsul che mi sta tenendo stretta. Ho di nuovo i crampi allo stomaco.

Nell'ombra, in fondo alla stanza, sta per scatenarsi una tempesta. Un alieno piumato vola con uno stridio. Sia il mio rapitore che il banditore mi fissano. Poi un'altra forma plana sul palco e cade con un tonfo ai piedi di quest'ultimo. Un'orribile testa aliena ci guarda a bocca aperta, spalancata, mentre una sostanza appiccicosa verde fuoriesce dal collo reciso.

Il banditore urla e si butta giù dal palco. Tra i corpi stipati nella parte anteriore, una figura enorme e terrificante si sta facendo strada verso di noi, procedendo a fatica tra gli altri maschi come un tornado in un parcheggio per roulotte.

E si alza un profumo, denso e intrigante e del tutto diverso dal tanfo di prima. È una pioggia pulita nel deserto. Un odore fluttuante e temporalesco mi inonda, aprendosi un varco tra il fetore di stantio e di sudore e rendendo dolce l'aria. Una dolcezza che si trasforma in un sapore ricco, quasi di cioccolato, che pizzica sulla mia lingua. Questo gusto trasforma la mia paura in qualcosa di nuovo, qualcosa di inaspettato. Una sensazione di calore avvolge il mio nucleo.

L'odore proviene dal guerriero incappucciato dall'altra parte della stanza. Strizzo gli occhi, cercando di vedere meglio, con il cuore che mi batte forte... e subito dopo mi pento di averlo fatto. È un gigantesco spettro dell'ombra in un cappuccio scuro, con una lama color argento che lampeggia davanti a lui come la falce della morte. Le creature balzano lontano da lui. Troppo lente, non riescono a schivare la micidiale tempesta d'acciaio. Sono fatte a pezzi, con membra che schizzano via e ululati di angoscia e resa che si elevano al di sopra del trambusto generale.

È terrificante. Dovrei scappare. Ma sono intrappolata tra

le grinfie di un ogsul, tenuta doppiamente prigioniera dalla creatura e dal delizioso, penetrante profumo.

"Ulfarri. Alfa!" mormora l'ogsul che mi sta stringendo, e lascia andare il mio braccio per fuggire via. Così resto sola sul palco, di fronte all'alfa. Tra di noi, solo l'enorme, tremante creatura simile a Jabba the Hut.

La lama curva lampeggia. La spada del guerriero, brandita con forza e destrezza. Rotea nell'aria e taglia la massa gelatinosa Jabba the Hut. La massa... esplode. Il fluido si sparge per tutta la stanza, saturando l'ambiente di un odore di gas e zolfo. Gli alieni stanno urlando, cercando di scappare, scivolando sui resti dei caduti. Il guerriero con il cappuccio sferra un colpo di spada, decapitando a caso altre creature al loro passaggio. Poi nessuno intralcia più il suo cammino. Niente si frappone tra me e lo spietato monolite. Gli occhi neri brillano nel suo cappuccio scuro.

Mi sta guardando dritto in faccia.

Un terrore diverso da qualsiasi altro abbia mai provato prende il sopravvento in tutto il mio essere e non sono più in grado di pensare. Agendo per puro istinto, approfitto del fatto che non sono più trattenuta e mi giro sui talloni, per poi iniziare a scappare alla cieca, oltrepassando il battitore dell'asta e tornando di corsa alla porticina che conduce alla stanza in cui mi hanno tenuta prigioniera. Ci sarà una via d'uscita da qui. Ci *deve* essere.

Non posso lasciare che il Brutale mi prenda. Non posso proprio.

Mani forti mi afferrano alla vita, facendomi quasi cadere. Ormai sbilanciata, vengo sollevata in aria. Non ho bisogno di guardare per sapere cosa sta succedendo.

Mi ha preso.

L'alfa.

Questo è l'alieno che ho sentito nominare sottovoce dai miei rapitori dopo che, ricevuto il chip, sono riuscita a comprenderli. Una frase continua a echeggiare nella mia mente, ancora e ancora:

Gli ulfarri sono I Brutali.

L'urlo che trattengo dentro di me sin dall'inizio di questo incubo – sembra già un'eternità – prorompe dalla mia gola, ma viene rapidamente attutito da un enorme palmo caldo che mi viene sbattuto sulla bocca.

Urlo comunque. Urlo finché non mi rimane più un grammo d'aria nei polmoni, e poi mi affloscio, esausta, penzolando mollemente nella presa dell'ulfarri.

Mi formicolano le labbra. In effetti, mi formicola tutto il corpo. I miei occhi sono chiusi, e lo sono da quando mi ha bloccata a metà corsa, tanta è la paura di quello che vedrò. Dell'aspetto che lui avrà da vicino.

È meglio che certe cose rimangano sconosciute.

Ma gli altri miei sensi sono ancora lì, e sembrano stranamente intensificati. Sento il sapore della sua pelle, mentre continua a premere la mano contro la mia bocca. Il suo grosso braccio è avvolto attorno al mio busto, schiacciandomi contro di lui. Deve essere immensamente forte per sollevarmi con un solo braccio, dato che con l'altra mano mi sta imbavagliando, nonostante io abbia smesso di urlarci dentro.

Ma è l'odore che ha l'effetto maggiore su di me. Muschiato, maschile, con una sfumatura leggermente dolce, è come una combinazione di tutti i miei profumi preferiti: cioccolato intenso, legno affumicato, speziato alla cannella. Il suo fresco profumo stride con l'aria viziata. Tutto il resto ha un odore sbagliato. Lui ha l'odore giusto. La fresca colonia mi riempie come se fosse una cosa solida, penetrando in ogni mio poro e accendendo tutto il mio corpo di...

Lussuria.

Il desiderio più potente e disperato che abbia mai avvertito mi afferra. Il mio corpo si annoda per i crampi; non allo stomaco, ma più in basso. Il grembo mi duole. Ho letteralmente l'acquolina in bocca. Al rumore sordo tra le mie cosce fa eco il battito frenetico del mio cuore. Sento un pizzicore tra le gambe e un liquido caldo bagna il perizoma sexy che avevo indossato nell'attesa di divertirmi al club.

Che diavolo sta succedendo?

L'ulfarri mi sta facendo voltare tra le sue braccia, così da potermi guardare in faccia; poi, per la prima volta, parla. La sua voce è come un coltello che gratta sulla pietra mentre lui pronuncia una sola parola:

"Mia".

Mi obbligo a fare dei respiri meno profondi, cercando di respirare con la bocca invece che con il naso, nel caso in cui l'odore celestiale che mi circonda sia davvero ciò che mi sta facendo inzuppare il perizoma e desiderare di sbattere la testa contro il muro. Infine mi costringo ad aprire gli occhi e guardare il maschio che mi tiene prigioniera stringendomi al suo corpo enorme e sodo.

Con il cappuccio gettato all'indietro, sembra simile a un uomo, a parte la colorazione insolita. I suoi occhi sono pozze scure e scintillanti; ha un naso dritto e aquilino e una bocca larga incorniciata da una barba ben tenuta. Una lunga e folta criniera di capelli blu notte ricade sulle sue ampie spalle.

Avvolto dal mantello, il suo petto presenta dei segni leggeri, come strisce tigrate sulla sua pallida pelle lilla. Sembrano tatuaggi. Non riesco a vedere molto altro del suo corpo, schiacciata come sono contro di lui, ma posso sentire i suoi muscoli tesi e la sua innegabile forza.

Al rallentatore, alza la testa e le sue narici si allargano. Mi sta... annusando. Ho un buon odore per lui come lui per me? Il profumo sensuale e cioccolatoso mi avvolge. C'è anche una punta di fresco caffè. *Mmm.*

Un ringhio fuoriesce dall'alfa e, in risposta, il mio corpo

30

si contorce, come se stesse reagendo al suono rabbioso. I muscoli interni fremono, mentre il liquido gocciola giù dal mio sesso. Mi sposto, impotente e dolorosamente consapevole dell'enorme erezione che preme contro la mia coscia. Nonostante il pizzico di terrore che mi corre lungo la spina dorsale a causa della grandezza del suo uccello, avverto un brivido di lussuria al basso ventre e una contrazione della vagina così forte da farmi sussultare contro il suo palmo.

"*U-man*", ripete, con il petto che rimbomba. "Omega. Mia". Poi tutto si oscura.

5

EMMA

È strano, non sono mai svenuta in tutti i miei venticinque anni, e ora l'ho fatto tre volte di seguito.

D'altra parte, immagino che l'essere trasportata su un altro pianeta, dove mi hanno messo un chip e mi hanno fatto un'iniezione e l'essere condotta su un palco e messa all'asta come schiava del sesso – per non parlare poi dell'essere catturata da una creatura il cui delizioso profumo ha il potere di trasformarmi in un concentrato di sbavante lussuria – potrebbero tutti essere considerati motivi più che validi per andare in black out.

Mentre apro gli occhi e sbatto rapidamente le palpebre, tutto questo comincia a sembrarmi un po' un déjà vu. Dove diavolo sono finita, questa volta?

Per un nanosecondo, spero di essere a casa, di nuovo nel mio letto, e che tutto questo sia stato davvero l'incubo più vivido e folle che abbia mai avuto. Tale speranza, però, viene meno appena i miei occhi riescono a mettere a fuoco bene e mi consentono di capire dove mi trovo.

L'aria ha un profumo più fresco. Un profumo selvaggio, di pino, mescolato a quel ricco profumo di caffè e cioccolato emanato dalla pelle dell'alfa. La sua pelle viola pallido e tatuata. Ogni respiro porta una nuova ondata di profumo appetitoso. Chi avrebbe mai pensato che sarei stata così eccitata da un alieno? E non un alieno qualunque, un *Brutale*. Ora sono circondata dal suo profumo. O questa è la sua tana, o lui deve essere nelle vicinanze. Sono circondata da un color argento scintillante e accecante – le pareti, il pavimento, il soffitto, ovunque – e non ci sono finestre.

Mi trovo forse su un'astronave? O sono ancora nei pressi del luogo dell'asta? I miei primi rapitori hanno menzionato un porto spaziale. Ma questo non ha affatto l'odore di quel posto puzzolente. Questo odora come l'alfa. Forse questo posto appartiene a lui.

Non dovrei essere confortata da tale pensiero, ma lo sono. Sono un po' meno terrorizzata, anche se non ci vuole molto. Si tratta ancora di un posto sconosciuto, strano e spaventoso come non mai. E non è casa mia.

Mi sposto sulla panca imbottita. Sono raggomitolata sotto una coperta nera, che è leggera, ma mi ha tenuta al caldo. È morbida e ha il profumo del mio nuovo rapitore.

Mentre mi siedo lentamente, per non avere le vertigini, lascio cadere la coperta. E poi lo vedo. L'alfa. *Il Brutale.*

È seduto su un grande sgabello metallico, con le grandi mani tatuate appoggiate sulle ginocchia. I capelli blu notte gli ricadono sulla spalla. Mi sta guardando.

Per un momento ci fissiamo l'un l'altra, mentre il suo profumo si intensifica fino a farmi stringere le cosce. Quando mi muovo, la mia vescica si lamenta.

Tutto ciò che l'ogsul mi ha detto sugli alfa svanisce alla luce del mio bisogno urgente. Mi metto una mano sul cuore per impedirgli di uscire dal petto. *Posso farcela. Posso affrontarlo.* Mi schiarisco la gola. Come posso chiedere dov'è il bagno in alieno?

"Uhm", comincio. *Un buon inizio.*

Si alza dallo sgabello e si avvicina alla panca. È enorme, alto più di due metri, con spalle così larghe che non potrebbero passare attraverso una porta di dimensioni standard. Indossa pantaloni ampi e scuri e nessuna camicia, solo delle cinghie di cuoio, una delle quali termina al suo fianco con il fodero della spada. Ha perlopiù una muscolatura umanoide, se non fosse che nessun uomo sulla Terra ha così tanti muscoli. Con la sfumatura viola pallido della sua pelle e i tagli scuri dei suoi tatuaggi a strisce, è uno spettacolo incredibile. "U-man", dice.

"Emma", lo correggo, guardandolo con gli occhi socchiusi. Dovremo comunicare a monosillabi? Incontro i suoi occhi scuri. Il suo profumo delizioso mi fa girare un po' la testa.

Non so perché voglia comunicare con lui, ma è così. Quelle cose ogsul erano in grado di formare delle frasi complete, anche se basilari. Gli darò una chance.

"Mi chiamo Emma", specifico, schiarendomi la gola un paio di volte, in modo che la mia voce non risulti roca. "Tu come ti chiami?"

"Mi chiamano..." Il resto della risposta che dà è una serie di rumori che non ho speranza di poter mai pronunciare. In effetti, il mio chip di traduzione non si preoccupa di provare a ripeterlo.

"Oh", mormoro. "Mi dispiace. Non credo proprio di poterlo ripetere".

Un angolo della sua ampia bocca si solleva. Trova la cosa divertente. "Non molti ci riescono", dice. "Chiamami Khan. Riesci a dire *Khan*?"

"Khan", ripeto obbediente, come una bambina. "Ok".

Incombe su di me con impazienza, come se stesse aspettando qualcosa.

"Io..." comincio. Gli ulfarri hanno i bagni? Funzioni e bisogni corporali simili agli umani? "Devo fare la pipì".

34

Sembra perplesso.

Merda!

"Orinare?" provo. "Stanza da bagno? Usare il water?" Scivolo giù dalla panca imbottita su cui mi sono svegliata e faccio il mio miglior *balletto della pipì*, con un'espressione addolorata, disperata.

Khan emette un incrocio tra una sghignazzata fragorosa e una risata nasale, e sento la mia faccia che diventa calda. "Fai rifiuti", dice. "Laggiù". Indica una porta e io parto come un razzo. Con mio immenso sollievo, non fa alcuna mossa per fermarmi.

Il bagno alieno è piuttosto piccolo, ma fortunatamente i servizi igienici sono piuttosto semplici. È solo quando tiro giù il mio piccolo perizoma che vedo quanto è fradicio, e ricordo la sensazione calda e pulsante nel mio sesso che ho provato quando ero tra le braccia di Khan. Sono ancora imbarazzata per il goffo tentativo di spiegare il mio bisogno urinario, e le guance mi diventano ancora più calde allorché riaffiora il ricordo della smania erotica che mi aveva afferrato prima di svenire. Era come un istinto primordiale e biologico, un istinto su cui non avevo alcun controllo. Forse sono rimasta incosciente a lungo e l'effetto del siero è svanito, poiché l'impulso non è più così forte, grazie a Dio.

Libero la vescica, poi passo le mani sotto il rubinetto. Non c'è uno specchio, e non sono sicura che sia una buona cosa. Dopo la serata che ho passato, probabilmente lo è.

Tutta questa situazione è troppo bizzarra per poter essere descritta a parole.

Dopo un paio di respiri profondi e calmanti, tanto per riprendermi, raddrizzo le spalle, sollevo il mento e cammino con la massima sicurezza possibile lungo la stanza dove Khan sta ancora in piedi, vicino alla panca.

"Emma", dice dolcemente, e la sua voce sembra una carezza. "Vieni da me".

Non voglio, non ne ho motivo, eppure i miei piedi iniziano a muoversi verso di lui, a prescindere. Ha lanciato su di me una specie di incantesimo ipnotico?

Gesù, che situazione penosa!

In pochi istanti, sono in piedi di fronte a lui, e ciò che accade dopo mi fa trasalire: con riflessi fulminei, allunga le braccia e mi attira a sé per stringermi contro il suo enorme petto. "Respira", sussurra, e di nuovo il mio corpo obbedisce al comando senza alcuno sforzo cosciente da parte mia. In effetti, non sono nemmeno sicura di essere in grado di resistere fisicamente.

Il calore che emana da lui mi avvolge e il suo denso profumo è ancora più irresistibile. È come se avesse premuto un interruttore e mi avesse riportato alla lussuriosa Emma che ero prima di svenire. Avverto un intenso e lento pulsare tra le cosce e il cuore inizia a battermi forte. Improvvisamente sono sopraffatta dal bisogno più insistente che abbia mai provato, ed è così totalizzante che sono spossata, impossibilitata a resistere mentre la grande mano di Khan scivola lungo la nuca alla base del mio cranio. Mi afferra i capelli, mi tira indietro la testa e poi, con un ringhio che vibra attraverso il mio nucleo, mi copre la bocca con la sua.

Il suo sapore è buono quanto il suo odore. Ricco e cioccolatoso, con un tocco fumé.

Lo bacio di rimando con una fame che non riesco a comprendere, ansimando mentre la sua lingua trova la mia e la esplora con carezze lente e appassionate. Mi sta ancora afferrando la nuca, ma l'altra mano scivola possessivamente lungo il mio corpo, esplorando, massaggiandomi prima il seno e la vita, poi correndo giù al fianco, prima di scivolare tra le mie gambe.

Quando mi prende a coppa la fica nel suo enorme palmo, il mio clitoride gonfio pulsa contro la mano, e io gli mordo il labbro inferiore, smaniosa di sentire ancora il suo tocco. Ancora lui.

La febbre è tornata, un calore che si alza a ondate dentro di me a ogni battito del cuore. Nient'altro esiste, nient'altro conta. Le mani di Khan bruciano sulla mia pelle, ma, se dovesse smettere di toccarmi, il mio cuore si fermerà.

Lo mordo di nuovo, più forte, e la sua reazione è immediata: mi strappa le mutandine con un unico, forte strattone e poi affonda due dita dentro di me.

Sono così bagnata che scivolano dentro facilmente, e il mio sesso si stringe intorno ad esse anche perché lui mi bacia di nuovo, questa volta più brutalmente. La lingua sta fottendo la mia bocca in tandem con le dita dentro di me, e il mio cervello va in cortocircuito. Voglio il suo uccello.

Ho bisogno del suo uccello.

Aggiunge un terzo dito, allargandomi. La cosa è brutale, e mi piace. Voglio che questo piacere si avvicini al dolore. Come cioccolato cosparso di sale marino. La sensazione sarà sufficiente solo quando le sue dita contorte mi avranno riempito abbastanza da farmi male.

Il pollice trova il mio clitoride e, al primo tocco, esplodo. Quando raggiungo l'orgasmo, una scarica di desiderio mi attraversa il basso ventre mentre la fica si stringe ritmicamente alle sue dita.

Accoglie in sé i miei gemiti, facendo entrare ondata dopo ondata di piacere, finché gli spasmi finalmente si placano.

Anche se ho appena avuto l'orgasmo più intenso della mia vita, ne piango la perdita mentre le sue dita si ritraggono dalla mia fica bagnata e lui smette di baciarmi. Mi sento vuota, disperata, insoddisfatta.

Come se fossi in calore.

È allora che ricordo la conversazione degli alieni. *Estro.* È così che lo chiamavano. Andare in calore. Qualcosa a che

37

fare con il profumo. Dentro di me ho riso all'idea, quando l'hanno menzionata.

Ora non sto ridendo. Questo roba qua è reale.

Gli occhi di Khan sono fissi sui miei. Stanno ardendo con la stessa fame che, ne sono sicura, si riflette nel mio stesso sguardo mentre si muove lentamente, giù, giù... finché non resta in ginocchio. Prima che io possa rendermi conto di cosa sta succedendo, solleva e appoggia una mia gamba sopra la sua ampia spalla e comincia a far scorrere la lingua sopra la mia piega.

Gli afferro la testa e infilo le dita tra i suoi lunghi capelli scuri mentre mi lecca il clitoride con una precisione mozzafiato, sapendo istintivamente quali sono la pressione e il ritmo ideali per farmi andare fuori di testa.

Sono così bagnata che posso sentire le gocce scorrere lungo l'interno della coscia; eppure, invece di vergognarmi che lui abbia questo effetto su di me, mi eccito ancora di più.

Tutta la mia fica vibra mentre Khan mi divora ringhiando sommessamente, emettendo un suono che mi ricorda le fusa di un gattone. È un mix di sensazioni che non posso descrivere.

Tutto quello che posso fare è provarle.

Sono sull'orlo di un altro orgasmo dal momento in cui la sua lingua ha trovato la mia piccola protuberanza pulsante e dolorante, ed è come se mi tenesse lì deliberatamente: nessuna tregua, nessun completamento, solo il tormento interminabile dell'essere sul punto di venire.

"Ti prego", lo imploro con voce rauca, stringendogli la testa. Sono vagamente consapevole che sto tremando. "Ti prego..."

Se mi ha sentito, sta ignorando le mie suppliche. Invece, continua a leccarmi, con la lingua che traccia dei cerchi intorno al clitoride gonfio per poi immergersi nel mio nucleo gocciolante, raccogliendo altro umore prima di tornare al fascio di nervi cui è stato ridotto il mio intero essere.

Sto singhiozzando, impotente, sfregando i fianchi e tirandolo più vicino a me nel disperato tentativo di trovare un completamento.

La sua risposta è farmi scivolare le mani lungo i fianchi e stringerli così forte da causarmi dolore, bloccandomi e impedendomi di fare qualsiasi cosa tranne accettare il tormento che mi sta infliggendo.

Sta ancora ringhiando.

Perdo la cognizione del tempo. Perdo il senso di tutto tranne quello del modo in cui beve dal mio nucleo scivoloso e mi tiene crudelmente sull'orlo dell'orgasmo, senza lasciarmi andare oltre. Ogni volta che penso di esserci, ogni volta che la prima ondata inizia a formicolare nel mio punto più sensibile, lui reindirizza la sua attenzione al mio ingresso, spingendo la lingua dentro di me il più possibile, finché non voglio urlare, non per il piacere, ma per la frustrazione. Solo una volta che il forte formicolio iniziale si è attenuato, torna sul mio clitoride e ricomincia daccapo la tortura.

Alla fine, faccio quello che farebbe qualsiasi ragazza normale e focosa in calore: reagisco bruscamente.

Emettendo un ululato tormentato, strattono i suoi lunghi capelli blu notte più forte che posso; poi provo a dargli un calcio nella schiena con la gamba sollevata sopra la sua spalla.

La reazione di Khan è immediata: una grande zampa scivola su dal mio fianco per afferrarmi alla gola, stordendomi e riducendomi a un silenzio immobile. Poi, con un movimento fluido, si scrolla la mia coscia dalla spalla, si alza in piedi, si slaccia i pantaloni, prende a coppa il mio sedere con la mano libera e mi solleva finché non sono impalata sul suo enorme cazzo rigido.

Non ho mai conosciuto niente del genere.

Non ho dato un'occhiata al suo membro, ma è probabilmente la cosa più grande che abbia mai avuto dentro di me. Anche se sono bagnata fradicia e scivolosa, la mia fica brucia mentre l'uccello di Khan si tuffa in profondità, allargandomi fino al punto di farmi male, e la sua mano intorno alla gola mi stordisce con una combinazione di terrore ed eccitazione. Posso ancora respirare, ma sicuramente non sono in grado di muovermi.

Con mio grande stupore e vergogna, vengo prima ancora che sia completamente entrato. Non sapevo nemmeno di poter raggiungere l'orgasmo solo con la penetrazione. Incapace di reprimere un grido di piacere soffocato, chiudo gli occhi così da non dover vedere il modo in cui mi sta guardando mentre la mia fica irrimediabilmente piena freme intorno al suo membro.

E non ha ancora nemmeno iniziato a scoparmi.

"Guardami", ordina in un ruvido sussurro, e mi ritrovo a obbedire anche se non voglio aprire gli occhi; non voglio vederlo assistere alla mia umiliazione mentre continuo a godere e a inondarlo. Non si muove nemmeno; mi sta solo tenendo ferma mentre mi contorco e singhiozzo, impalata sul suo uccello duro come la roccia. È così grande che sto piagnucolando, anche mentre lui emette un suono incoraggiante per calmarmi. Poi ringhia e il mio corpo si contorce: una diga che si rompe e un fluido che sgorga dal mio corpo per facilitare il suo passaggio. Le mie pareti interne si stringono intorno a lui nel modo più delizioso.

Ogni sensazione è amplificata mille volte. È un dolore molto piacevole.

Anche mentre sto venendo, sono consapevole dei più minuti dettagli: il modo in cui la pulsazione nella mia gola batte contro la sua presa; il modo in cui il suo profumo sembra aver riempito ogni mio poro; il modo in cui mi sta

40

guardando; il modo in cui il suo uccello sembra diventare ancora più grande dentro di me.

Poi Khan inizia a muoversi, spingendo i fianchi, scopandomi lentamente all'inizio, per poi accelerare il ritmo quando, alla fine, sembra perdere anche lui il controllo...

6

KHAN

Intossicante. Per tutta la vita, ho sentito gli altri alfa parlare del calore, di cosa succede quando catturano il profumo perfetto dell'omega giusta, della perdita di controllo e del bisogno onnicomprensivo di dominarla. D rivendicarla. Di scoparla.

Nessuna delle descrizioni si è anche solo avvicinata alla rappresentazione della realtà.

Il profumo di miele di Emma permea il mio essere, risvegliando in me una lussuria che non avrei mai nemmeno pensato possibile. È un bisogno primordiale di accoppiarsi, di placare la mia fame sul suo corpicino morbido, di marchiarla come mia.

Il mio membro è così duro da farmi male.

Il desiderio era sorto non appena avevo sentito il suo profumo, ma mi ero trattenuto, non volendo spaventarla, non volendo andare troppo in fretta per paura di farle del male. Sarebbe stato troppo facile prenderla mentre era incosciente, e avevo considerato quella possibilità, ma questa uman sarà la mia compagna per la vita.

Non volevo rovinare tutto dall'inizio.

Solo dopo il suo risveglio, quando è tornata da me dopo

le sue abluzioni, ho ceduto al bisogno che mi bruciava dentro.

Appena ho avvertito il sapore della sua fica sulla lingua, ho perso ogni capacità di pensare razionalmente. Furioso con lei per le sensazioni suscitate in me, l'ho tormentata deliberatamente, tenendola al limite finché non ha perso il controllo.

È stato stupendo.

Come se questa ragazza così minuta potesse fare qualcosa per impedirmi di prendere ciò che ora è mio.

Non ha scelta, e lo sappiamo entrambi.

Non saprei dire quando ho iniziato a ringhiare, ma a un certo punto mi sono reso conto che lo stavo facendo. Ciò ha solo intensificato la sua reazione nei miei confronti, facendo sgorgare dalla sua dolce, piccola fica altra umidità da assaporare.

Incapace di trattenermi oltre, l'ho sollevata e lasciata cadere sulla mia erezione martellante. Anche se le sue cosce erano bagnate di desiderio, anche se lei era oltremodo eccitata e sull'orlo del secondo orgasmo, la sua fica era incredibilmente stretta e aderiva al mio uccello come una seconda pelle, mentre la penetravo.

Ormai completamente dentro di lei, la tengo ferma, guardandola contorcersi e singhiozzare mentre si scioglie senza che io mi muova. I suoi piedi non toccano il suolo; è tenuta sospesa in alto solo dalla mia presa d'acciaio e dal mio uccello duro come il ferro.

Voglio che questo momento duri per il resto della mia vita.

Ma poi la sua pelle vellutata smette di fremere per tutta la mia turgida lunghezza e sono sopraffatto dall'impulso di muovermi. Comincio a spingere, dapprima lentamente, godendomi ogni cresta, ogni centimetro mentre lei mi stringe.

Emma è fatta per me. Fatta per questo.

Ringrazio Ulf per il controllo che riesco a mantenere mentre lotto contro il calore, contro il bisogno di scoparla così forte quanto vorrei. Non voglio romperla, e la differenza di misure tra noi è significativa. Sembra così piccola, così fragile tra le mie braccia!

Chiude gli occhi, evidentemente persa nelle sensazioni, e io le ordino di riaprirli. Voglio annegare in quelle profondità blu, voglio vedere ogni sfumatura del desiderio che prova per me.

Voglio vederla venire di nuovo, sentire il suo calore che si stringe intorno a me come un cuore che batte forte.

Allo stesso tempo, inizia una sensazione di formicolio ai testicoli e nella parte bassa della pancia, che si diffonde fino a invadere tutto il mio corpo, e nel punto in cui io e Emma siamo uniti, inizia a formarsi il nodo.

I piccoli sussulti che sta emettendo si trasformano in gemiti e, facendo scivolare la mano dalla sua gola alla nuca, attiro a me il suo viso, desiderando all'improvviso di baciarla di nuovo, intensamente. Spingo più forte, scopandola sul serio ora, premendo le mie labbra sulle sue e imitando nella sua bocca i movimenti del mio uccello con la lingua. Il sapore di miele che sto gustando mi inebria.

Le sue unghie affondano nelle mie spalle e, proprio come quando mi ha morso il labbro prima, il dolore acuto mi eccita e mi irrita allo stesso tempo. Senza pensarci, le do una pacca sul sedere, producendo un suono che mi fa fischiare le orecchie.

Con mio grande stupore, sento la sua fica zampillare e contrarsi, e a lei sfugge un lieve gemito di puro piacere.

Può essere che le piaccia il dolore?

Per testare questa ipotesi, la schiaffeggio di nuovo, ancora più forte, e la sua reazione è inconfondibile.

44

Ed è così che, finalmente, rinuncio all'ultimo briciolo di autocontrollo, e il puro istinto prende il sopravvento.

È grezzo. È primordiale. È animalesco. Ogni terminazione nervosa nel mio corpo è in fiamme; tutta la mia attenzione è focalizzata su una sola cosa: la dolce, calda omega che ora è legata a me non solo fisicamente, ma anche a un livello assai profondo.

I suoi sussulti hanno assunto un nuovo tono e ora sta tremando tra le mie braccia, con le sue lunghe ciglia che sbattono ogniqualvolta chiude gli occhi. Forse sta venendo di nuovo; o forse si sta lamentando perché la sto stringendo così forte da farle male. A dire la verità, sono troppo vicino alla fine per preoccuparmene. Il ruggito inizia nelle mie viscere nello stesso momento in cui il mio orgasmo annuncia il suo arrivo.

Ora il nodo alla base del mio uccello si è espanso completamente, rendendo impossibile spingere più in profondità. Sono sigillato nella fica di Emma e ciononostante sto ancora cercando di scoparla, martellando il mio bacino contro il suo, mentre le mie palle si stringono e io vengo.

Agendo per puro istinto, abbasso la testa e la mordo, affondando i denti nella pelle morbida dove gola e spalla si incontrano. Il suo urlo fa sì che si intensifichino le sensazioni sul mio uccello mentre pulsa dentro di lei, riempiendola, con ogni scossa che aggiunge altro seme alla sua fica traboccante, finché l'estasi non inizia finalmente a placarsi e io rallento i miei movimenti, fino a fermarmi.

Mi sembra di svegliarmi lentamente da un sogno.

Il mio inguine e la parte superiore delle cosce sono impiastrati dei nostri umori mischiati: la sua umidità e il mio sperma stanno filtrando da lei nonostante il sigillo costituito dal nodo.

Emma sta tremando tra le mie braccia e io gliele faccio

scivolare intorno, per poi tenerla stretta e affondare il naso nei suoi capelli setosi e dorati, sperando che si calmi. Che si ricomponga.

È silenziosa, ma le sue spalle tremano. Perché piange? È ancora eccitata? Vorrei parlarle, rassicurarla, ma mi sento come se fossi rimasto senza fiato. Il nodo sta ancora pulsando, rendendomi quasi impossibile pensare coerentemente.

Nel disperato tentativo di confortare la femmina che ho appena fatto mia, uso l'unico strumento attualmente a mia disposizione: comincio a fare le fusa.

Quasi immediatamente, il suo tremore inizia a diminuire. Prendendo deliberatamente respiri profondi, lenti e circolari, in modo da poter canticchiare per lei senza interruzioni, mi concentro interamente su Emma, meravigliandomi del modo in cui, dal suo profumo, riesca a rilevare il suo cambiamento d'umore.

Prima c'era un cocktail potente di piccante paura e mielata eccitazione; ora entrambe le note si sono un po' attenuate. Persiste una corrente sotterranea di lussuria, ma alla paura è subentrato qualcos'altro. Non sono del tutto sicuro di cosa sia, ma lei non trema più; quindi presumo che si tratti di una buona cosa.

Il nodo si sta allentando, e sono stupito dalla fitta che sento nel petto al pensiero di tirarmi fuori da lei. Di non essere più unito a lei nel modo più primordiale e naturale.

Poi mi ricordo che, in preda al mio orgasmo, ho fatto qualcosa per assicurarmi che sarò unito a lei sempre e comunque.

Le ho dato il morso della rivendicazione.

Una volta che un alfa ha morso la sua compagna, lei gli appartiene. Riesce a percepire la presenza e l'assenza di lei con la stessa sicurezza con cui può sentire la pioggia sulla propria pelle. È in sintonia con i suoi stati d'animo, i suoi

46

desideri, il suo dolore. E non permetterà a niente e nessuno di mettersi tra di loro.

Questa piccola omega potrebbe non saperlo ancora, ma questa prima scopata era solo l'inizio. È fatta per me; il suo corpicino morbido e caldo è stato creato esclusivamente perché io lo possieda, ne goda, lo ami. La amerò, le farò le fusa, provvederò a lei...

Avrò dei figli da lei...

Emma è mia, adesso.

7

EMMA

Non so cosa mi stia succedendo. Non so dove mi trovi. Non so niente, davvero, tranne che, quando Khan inizia a emettere uno strano rumore rimbombante, mi sembra che una calda coperta setosa venga stesa sul mio corpo nudo. Prima, il suo ringhio ha fatto sgorgare dalla mia fica una quantità di umori che, biologicamente, una donna non dovrebbe avere la possibilità di produrre; adesso, questo nuovo suono mi rende calma e assonnata, come se mi avessero somministrato un forte tranquillante.

Il suo membro enorme è ancora dentro di me, le mie gambe sono avvolte intorno ai suoi fianchi, il punto sul collo dove mi ha morso pulsa dolorosamente. Dovrei districarmi, respingerlo, impartirgli una lezione sul consenso e chiedergli di portarmi a casa. Invece, me ne sto rannicchiata contro il suo petto enorme e muscoloso e mi sento inspiegabilmente calma.

Cosa c'era nell'iniezione che quelle cose simili a lucertole mi hanno fatto? Non mi riconosco; è come se non avessi alcun controllo sulla risposta del mio corpo a qualsiasi cosa.

Prima praticavo del buon sesso, ma quello che abbiamo

appena fatto... era su tutt'altro livello. Non sapevo che esistesse qualcosa di così meraviglioso. E, anche se la mia fica è infiammata e dolorante, anche se sono venuta così forte e per così tanto tempo da pensare di non poter vedere mai la fine del mio orgasmo, mi ritrovo a volerne di più.

Inspiro il suo odore, desiderando assurdamente di poter rimanere così tra le sue braccia per sempre. I miei pensieri sono dappertutto e li lascio scorrere nella mia mente, troppo esausta per esaminarli in modo dettagliato.

È successo qualcosa all'uccello di Khan mentre mi stava scopando. Molto tempo dopo che era già duro si è ingrandito ulteriormente. Poco prima che venisse, ho avvertito un dolore lancinante all'ingresso della fica, e sembrava che lui non fosse più in grado di spingere e ritrarsi come aveva fatto fino a quel momento. Anche adesso, è come se fosse conficcato dentro di me. Vorrei avere la forza di fargli delle domande al riguardo.

Strano che stia pensando a dettagli del genere, quando dovrei concentrarmi sul quadro più ampio. Sono appena stata scopata da un alieno che mi ha salvata da un'asta di schiavi.

Potrei essere o non essere su un'astronave in questo momento, ma sicuramente non sono sulla Terra.

Né sto sognando, purtroppo. Tutto questo è fin troppo reale.

Altri esseri mi hanno iniettato qualcosa che mi ha trasformata in una ninfomane a uso e consumo di questa enorme bestia viola.

Come faccio a restare così calma, cazzo?

Ci muoviamo. Khan mi sta portando da qualche parte, mentre il suo petto ancora vibra per quelle che sembrano le fusa di un grosso gatto. Un minuto dopo, stiamo sprofondando su una superficie morbida...

Un letto.

Sono ancora avvolta intorno a lui, ma muovo la gamba, così da non essere schiacciata mentre fa in modo che ci posizioniamo sul fianco.

Dio, che stanchezza!

Sono davvero sudicia: le mie cosce e il mio inguine sono inzuppati da un misto dei miei umori e dello sperma di Khan, e indosso ancora i resti sbrindellati del mio vestito da club. Dovrei cercare una doccia, dei vestiti puliti e un modo per tornare a casa.

Ma tutto ciò che voglio fare è dormire.

Le mie palpebre sono così pesanti che, quando si abbassano, non oppongo alcuna resistenza. Le fusa di Khan stanno permeando ogni fibra del mio essere, confortanti come una tazza di cioccolata calda in una serata fredda e nevosa.

È inutile tentare di resistere. Con un piccolo sospiro, lascio che l'oscurità mi travolga...

QUANDO MI SVEGLIO, per un breve secondo torna ad affacciarsi la speranza che sia stato tutto un sogno. Poi vedo Khan che mi guarda, con i suoi occhi scuri ora luccicanti di un'emozione che non riesco a decifrare.

"Emma", dice dolcemente.

Dio, il suo profumo... mi fa fremere la pancia e mi fa battere forte il cuore.

Cosa c'è di sbagliato in me?

Mi prendo un momento per riflettere. Mentre io resto sdraiata a letto, coperta a malapena dai miei vestiti strappati, lui si allontana da me e si tira su a sedere, così da potermi guardare dall'alto. Adesso indossa una tunica, invece della solita imbracatura di pelle. Sembra una versione moderna di quella che portavano gli antichi romani, in una scintillante tonalità blu scuro che fa risaltare perfettamente il suo incarnato lilla e i suoi capelli blu mezzanotte. Anche se ha un profumo meraviglioso come prima, la nota muschiata sottostante di sudore fresco è sparita. Deve essersi fatto la doccia mentre dormivo.

All'improvviso avverto l'esigenza di fare una doccia; sembrerebbe il desiderio più forte che abbia mai provato in vita mia, tranne, forse, quello insorto poco fa nei confronti di Khan.

Sedendomi, sussulto per l'improvviso, acuto spasimo nel mio sesso. Poi porto le dita all'altezza della spalla, là dove mi ha morso. Non riesco a vedere la ferita, ma posso sentire la carne calda e gonfia.

Mi sta guardando e, quando mi vede toccare con le dita il livido che mi ha fatto, dice: "Mio".

"Sì, l'hai fatto tu", dico mestamente. Meno male che sono masochista. Non penso che una comune ragazza media avrebbe reagito così tranquillamente a un morso datole con una tale forza.

Non riesco a decifrare l'espressione nei suoi occhi, ma sembra essere ricettivo; quindi decido di chiedergli quello che voglio: "Ho bisogno di fare una doccia", comincio, pregando che il software di traduzione gli renda chiaro il concetto, così da non doverlo mimare, rendendomi ridicola. "Pulirmi. E vestiti nuovi".

Annuisce. "Naturalmente".

Sono leggermente sorpresa. È stato più facile di quanto pensassi.

Mi tende una mano enorme e io la prendo, lasciando che mi tiri giù dal letto. Lo seguo su gambe malferme mentre mi conduce in bagno e si mette a girare pulsanti e leve.

Quando inizia a spogliarmi, lo lascio fare. Il mio desiderio di lavarmi è troppo forte per preoccuparmi della mia nudità o di cosa potrebbe pensare del mio corpo. Abbiamo scopato con una fretta così disperata che praticamente siamo rimasti entrambi vestiti, limitandoci a tirare da parte il materiale che era di intralcio; quindi questa è la prima volta che mi vede nuda. Strano come le cose che normalmente sono importanti non sembrino contare così tanto in questo momento.

Entro nel box doccia e non riesco a trattenere un sussulto di piacere quando numerosi getti d'acqua si azionano tutti in una volta, già regolati, non so come, alla temperatura perfetta. Bagnano e massaggiano i miei muscoli stanchi, rimuovendo i residui appiccicosi tra le mie gambe.

È una vera beatitudine.

"Hai qualcosa da farmi indossare, quando avrò finito?" chiedo a Khan, inclinando la testa all'indietro per bagnarmi i capelli.

"Sì", risponde. "Prendo qualcosa".

"E il sapone?" Guardando nel box doccia, non ho notato nulla che assomigliasse pur lontanamente a un gel doccia o uno shampoo.

"Ecco". Mi porge una bottiglietta di qualcosa, e io me ne verso un po' sul palmo.

"Grazie".

"Prendo dei vestiti", dice; poi scompare mentre mi spalmo il sapone sulla pelle, meravigliandomi di come una quantità così piccola possa fare così tanta schiuma. Lo uso anche sui capelli. Ha un profumo divino.

Il luogo in cui Khan mi ha morso punge da morire quando l'acqua lo colpisce, ma, non so perché, apprezzo la sensazione; al ricordo della così apprezzata combinazione di piacere e dolore, un pulsare straziante e lento prende il via tra le mie gambe.

Com'è possibile che voglia già farlo di nuovo?

52

Se sussisteva qualche dubbio sulla veridicità di quanto sta accadendo, la nave dell'incertezza ora è salpata. Sono successe troppe cose, ed era tutto troppo vivido per essere solo un sogno.

Il che significa che devo escogitare un piano per scappare e tornare a casa.

La mia mente sta correndo, anche se cerco di rilassarmi e godermi la doccia, e così, quando Khan torna con in mano un fagotto di stoffa, mi sciacquo ed esco, chiedendogli di chiudere l'acqua. Il pannello sembra uscito dalla cabina di pilotaggio di un aereo; è impossibile che io riesca a far funzionare tutte quelle manopole e leve.

Quando Khan mi porge la soffice tunica azzurra, esito. Ho bisogno di un asciugamano, quindi gliene chiedo uno.

"Non ne hai bisogno", dice. "Indossala".

Con mio grande stupore, il tessuto della tunica è più assorbente di qualsiasi asciugamano abbia mai usato. Il materiale è fresco e confortevole sulla mia pelle umida, e l'asciuga quasi istantaneamente.

Non avendo un pettine, mi passo le dita tra i capelli bagnati come meglio posso. Dio solo sa che aspetto ho, ma, dal modo in cui Khan mi sta fissando affamato, non può essere così male.

Ora che è di nuovo vicino a me, il suo profumo al cioccolato affumicato mi solletica ancora una volta le narici, ed ecco tornare l'inconfondibile formicolio al clitoride. È terribile il modo in cui il mio corpo reagisce alla sua semplice presenza, e ricordo a me stessa che devo cercare di respirare il più possibile con la bocca.

Qualcosa nel suo odore è un preciso innesco per la mia libido.

Senza dire una parola, si gira e si avvia, e io lo seguo. Che altro posso fare?

53

Entriamo in un'altra stanza. È elegante e di color argento come le altre, ma ha anche qualcos'altro: delle finestre.

Resto lì a guardare a bocca aperta.

Il panorama consiste in nient'altro che un'oscurità nera come l'inchiostro, spolverata di stelle scintillanti a perdita d'occhio.

Siamo davvero su una nave, nello spazio.

Che mi venga un colpo!

"Emma". La voce di Khan è dolce, come un ringhio gentile, e mi volto a guardare il suo ruvido, insolito viso. "Hai fame?"

Come se rispondesse alla sua domanda, la mia pancia brontola. Il miglior tempismo di sempre! Strano che prima non pensassi nemmeno al cibo. Ora, però, sto morendo di fame. "Sì", ammetto.

"Vieni a sederti".

Distolgo gli occhi dallo visione dello spazio infinito. In un angolo della vasta stanza ci sono un tavolo lucido e due sgabelli. Sulla lucente superficie argentata compaiono ciotole e bicchieri pieni di cibi e bevande e, qualunque cosa ci sia nelle ciotole, sta fumando.

All'improvviso ho paura. Cosa mangiano gli ulfarri? Per favore, fa' che non sia qualcosa di disgustoso, come gli insetti. Oppure carne cruda. Sono vegetariana.

Khan si è seduto su uno degli sgabelli e ora mi sta guardando torvo. "Vieni a sederti", ripete, con un tono più fermo ed energico di prima. Non c'è dubbio: ha proprio l'indole del dom.

Detesto che la cosa mi ecciti. Ciononostante, le mie gambe si muovono verso di lui prima ancora che abbia finito di pronunciare la frase.

Una volta raggiunta la tavola, mi accascio sullo sgabello, ancora troppo spaventata per guardare nella ciotola davanti a me.

"Mangia", dice, sollevando un cucchiaio e immergendolo nella sua ciotola.

Lo guardo mettersi in bocca quello che assomiglia molto al porridge e ingoiarlo velocemente, dopo averlo masticato a malapena.

Non carne, quindi.

Oltre che sollevata ma ancora piena di trepidazione, prendo il mio cucchiaio e assaggio un po' della densa pappa.

È davvero strana. La consistenza è grossolana – spessa, granulosa e calda – ma non sa proprio di niente. Letteralmente niente. Come quando hai il raffreddore e perdi il senso dell'olfatto.

Dopo la prima cucchiaiata devo sforzarmi per prenderne un'altra, ma i morsi della fame che attanagliano il mio stomaco mi sono d'aiuto. Questo cibo sarà anche strano, ma fa quello che dovrebbe fare: riempirmi.

La mia mano trema leggermente mentre prendo il bicchiere e bevo un sorso del liquido limpido. Anche questo non sa proprio di niente. Sembra acqua, o qualche equivalente alieno.

Khan divora la sua porzione, svuotando la ciotola prima che io abbia finito anche solo metà della mia. Poi si siede lì, a guardarmi attentamente, facendomi sentire come se fossi sotto un microscopio. Non mi chiede se il cibo mi piaccia. Sa che sarebbe una domanda stupida, o è perché non gli importa se mi piace o no? O forse, semplicemente, gli ulfarri non sono interessati alla conversazione a tavola.

Mi chiedo che ora sia.

Mi chiedo che *giorno* sia.

Chissà cosa diranno al lavoro lunedì mattina quando non mi presenterò.

Quest'ultimo pensiero è come un pugno allo stomaco. Ho passato *settimane* a lavorare su quella campagna, a prepararla per la presentazione di lunedì. Il cliente arriverà in aereo direttamente da San Francisco.

Fanculo!

Non è giusto. Ho lavorato molto duramente per arrivare dove sono. Sono stata promossa a direttore creativo solo pochi mesi fa. E ora sono stata rapita da dei fottuti alieni, e tutto ciò per cui ho sacrificato così tanto andrà perduto, se non tornerò a casa in tempo.

Sempre che non sia già troppo tardi.

Visto che il mio appetito è rovinato, metto giù il cucchiaio e guardo Khan con aria torva. "Dove siamo?" chiedo.

Alza uno spesso sopracciglio blu inchiostro, poi il suo sguardo scivola su una delle enormi finestre in una silenziosa protesta.

"So che siamo nello *spazio*", aggiungo. "Non sono un'idiota totale. Dove stiamo andando? Dove mi stai portando?"

Frasi piuttosto banali, ma comunque delle domande valide.

"A casa", risponde.

Un improvviso barlume di speranza si accende nel mio cuore. "A casa? Intendi dire la Terra?"

Sulla sua fronte appare una ruga, segno che è confuso. "La Terra? No. A casa. Ad Altrim, su Ulfaria".

Il barlume di speranza si spegne e ripiombo desolatamente nel buio. "Che cosa c'è laggiù?"

"Il mio pianeta. Il mio regno. La tua nuova casa". Dice queste cose in modo molto tranquillo, come se ogni parola non mi stesse distruggendo.

Deglutisco a fatica. Qual è il modo migliore per gestire la cosa? Faccio appello a lui? Sto al gioco? Discuto?

L'improvviso insorgere delle lacrime mi coglie di sorpresa. Di solito non piango. Preferisco sopprimere le mie emozioni e seppellirmi nel lavoro.

56

Sbattendo le palpebre furiosamente per assicurarmi che l'umidità non si riversi sulle ciglia inferiori, faccio un respiro profondo; poi me ne pento immediatamente, appena riparte la pulsazione dolorosa tra le mie gambe. Come cavolo potrei avere una conversazione seria, con l'odore di Khan che mi distrae costantemente?

Vorrei davvero che fossi raffreddata. Questo renderebbe le cose molto più facili.

"Guarda", comincio dopo un bel po'. "Di sicuro... Ulfaria... è un posto incantevole, ma io, in realtà, non voglio andarci. Devo tornare sulla Terra. A casa *mia*".

Sotto il cappuccio, strizza per un breve momento i suoi occhi scintillanti, e cerco di intuire quale emozione io abbia appena visto balenare sul suo viso. Pietà? Collera? Sicuramente non era lussuria. Nelle ultime ore gliel'ho letta sul volto così di frequente che sono certa di poterla riconoscere. "No", dice. "Sei la mia compagna, ora. Ti ho rivendicata".

In stato di shock, dimenticandomi di essere su uno sgabello, mi appoggio all'indietro e mi raddrizzo appena in tempo per ritrovare l'equilibrio ed evitare di volare a terra.

All'enorme maschio alieno seduto di fronte a me non sfugge nulla, e un angolo della sua bocca si solleva quando lui si rende conto di quanto sia andata vicina a finire a gambe all'aria.

L'imbarazzo mi rende rabbiosa. "Non mi interessa quello che pensi di aver fatto", ribatto furiosa, gettando all'indietro i capelli, ancora umidi, nel tentativo di recuperare una sorta di dignità. "Non so cosa stia succedendo, cosa pensi di fare, a cosa pensi di avere diritto solo perché abbiamo... fatto sesso... e poi mi hai aiutato a lavarmi... e mi hai dato da mangiare della colla per carta da parati. Ma io ho una casa, sulla Terra. Ho un appartamento che ho decorato con amore e un lavoro per cui ho rinunciato a ogni cosa.

Letteralmente *ogni cosa*. Non puoi piombare qui e portarmi via tutto".

Khan mi ha ascoltato attentamente durante il mio sfogo, sempre più scuro in volto. Probabilmente dovrei procedere con cautela, in questo momento; onestamente, però, non me ne frega niente.

"Ti ho salvata", afferma con voce tonante.

"*Salvata*?" Non posso evitare l'incredulità nel mio tono. "Tu mi hai rapita! Poi mi hai fatto..." Arrossisco, ricordando quanto fossi sfrenata e vogliosa. Peggio ancora: mi sento ancora così. Se venisse da me ora e respirassi il suo...

"Il buruwr aveva fatto l'offerta più alta. Sai dove saresti ora, se non ti avessi salvata da lui?" dice Khan con voce bassa e minacciosa.

"No". *E, comunque, che cos'è un buruwr?*

"Legata a un tavolo freddo, nuda, picchiata, tutti i tuoi buchi usati senza alcun riguardo per la tua sicurezza o il tuo benessere, figuriamoci per il tuo piacere..."

"Non lo voglio sapere", dico con tono lamentoso.

Lui continua lo stesso a parlare: "Su Ulfaria, sono un re. Sarai la mia regina. Avrai tutto ciò che il tuo cuore desidera..."

"Il mio cuore desidera che tu mi riporti sulla Terra!"

"... e, in cambio, io mi accoppierò con te; avremo molti eredi. Sei un'omega; è questo il tuo scopo".

"Col cavolo che lo è!" Sono in piedi ora, tremante. "Il mio scopo è vivere sulla Terra, il posto cui appartengo, con la mia famiglia e i miei amici, per non parlare della carriera per cui mi sono fatta il culo! Non puoi rapirmi e decidere come dovrebbe essere la mia vita!"

Non può sapere di aver colpito un punto dolente, ma l'ha fatto. Non voglio bambini. Mai voluti, mai ne vorrò. Le donne della mia famiglia sembrano pensare che tutte le femmine siano buone a stare a casa e fare figli, servendo una

58

qualche entità con un pene. Non condivido questo punto di vista, per niente. Sarò anche sottomessa in camera da letto – e Dio sa, quanto ho faticato per ammetterlo a me stessa – ma, al di fuori di questo, sono una donna indipendente, in tutto e per tutto. Grazie alle mie abilità artistiche ho una carriera in cui eccello e che è diventata lo scopo della mia vita. E nulla cambierà tutto ciò, non certo un alfa alieno eccezionalmente grosso. E non mi interessa se il sesso con lui è così bello.

"Devi portarmi a casa, subito!" continuo, ma, mentre parlo, sembra che preferirei fare a botte con lui. Khan è sceso dallo sgabello e ora si sta avvicinando a me, e il suo profumo...

"Zitta, piccola Emma", dice piano, "non c'è bisogno di litigare. Il destino ci ha uniti, e questo", allunga la mano e traccia il segno che mi ha impresso sul collo, "ci ha legati per sempre".

Il lieve tocco provoca uno zampillo caldo e umido tra le mie cosce e subito le stringo, trattenendo un gemito di desiderio. Il morso è doloroso, eppure il modo in cui lo accarezza, il modo in cui mi guarda mi fanno venir voglia di gettarmi tra le sue braccia.

Nel disperato tentativo di sottrarmi al bisogno che ho di lui, faccio un passo indietro, poi un altro.

Ma Khan mi segue con un'espressione indecifrabile in volto, finché la mia schiena non colpisce il muro con un tonfo sordo.

Non c'è niente che io possa fare.

Non c'è scampo.

Sono in trappola.

8

KHAN

La piccola Emma potrà anche indietreggiare, ma io posso sentire l'odore della sua eccitazione e non ho bisogno di toccarla per sapere che sta già producendo un fiume di liquido per facilitare il mio ingresso. Lo sguardo sul suo viso, tuttavia, è di indignazione, non di desiderio.

Sono combattuto. Una parte di me capisce che lei si trova in un posto strano e vuole tornare a casa. L'altra parte è guidata solo dal bisogno primordiale del calore e non tiene in alcun conto i suoi sentimenti. Ho aspettato e sperato davvero troppo di trovare un'omega. Sono il re di Altrim, e più di ogni altra cosa desidero avere eredi. Senza un'omega, è impossibile. Ma ora che l'ho incontrata, le cose sono diverse. Quindi, se pensa che la lascerò scappare, ora che l'ho finalmente trovata...

"Emma", dico gentilmente, allungando la mano per accarezzarle la guancia. Mi sta fissando con gli occhi spalancati. Sono di un azzurro così profondo, proprio come il cielo al tramonto ad Altrim. Potrei guardarli per sempre.

In effetti, ho intenzione di farlo.

"Non toccarmi!" scatta lei, allontanando la testa dalle mie dita.

Devo resistere all'impulso di scuoterla. La parte alfa di me è sempre più impaziente di averla di nuovo. Il mio uccello è duro come una roccia e sta pulsando. Essere accolto nella sua calda umidità è il desiderio più pressante che abbia mai provato. Ma so di dover procedere con cautela. La voglio felice, non arrabbiata. "Non mi sto prendendo cura di te?" le chiedo. "Ti ho dato da mangiare, ti ho fatto fare una doccia..."

"Sì, e lo apprezzo, ma voglio lo stesso tornare a casa. Sulla Terra".

Cosa c'è di così importante laggiù? Perché è così ansiosa di tornarci? Ha un compagno lì? Quel pensiero mi colpisce come un pugno allo stomaco, e sento che mi va il sangue alla testa. Immagini di lei con un altro maschio – di un altro amante che la tocca, la bacia, l'accarezza – mi passano per la mente, e stringo i pugni quasi involontariamente. Lo ucciderei. Lo farei a pezzi un arto dopo l'altro. Emma è mia. Lei appartiene a me, a nessun altro. "Perché?" Riesco a dire, tenendo a malapena a bada il mio improvviso impeto di gelosia.

Mi guarda come se fossi stupido. "*Tu* perché vuoi tornare a casa?" mi chiede in modo piccato, dopo un bel po'. "È casa mia! Il mio appartamento, i miei amici, il mio lavoro..."

"Lavoro?"

"Sì!" La sua espressione è incredula e mi sta irritando. "Sai, quello che fai per guadagnare soldi. Per procacciarti da vivere".

Sono preso alla sprovvista. Le femmine omega non lavorano su Ulfaria. Amano, mettono su casa e accudiscono coloro che le circondano. Curano i malati, creano arte e musica e hanno cura dei propri compagni. E procreano,

61

naturalmente. "No", le dico. "Non lavori sul mio pianeta. Non occorre che tu lo faccia. Mi prenderò cura io di tutte le tue esigenze".

Mi sta guardando come se mi fosse cresciuta un'altra testa. "E se volessi lavorare? Se ne avessi *bisogno*?"

È una persona intelligente, glielo concedo. "Comunque non ne avrai il tempo", dico. "Sarai impegnata ad allevare la nostra prole".

Ora, il suo bel faccino è scuro come una nuvola temporalesca. È adorabile, ma comincio a stancarmi di questa conversazione. "Col cavolo che lo farò", ringhia.

Nel posto da dove vengo io, le femmine sanno qual è il loro posto. Trattano i maschi con deferenza e rispetto. E, se non lo fanno, vengono costrette. Emma è diversa; d'altronde le femmine sulla Terra sembrano essere allevate per sentirsi uguali alle loro controparti maschili, ma lei dovrà adattarsi.

Allungando una mano, le afferro la gola sottile e pallida. Immediatamente, si ferma. Mentre mi guarda, il suo battito pulsa freneticamente contro le mie dita. Potrei spezzarle il collo in un batter d'occhio; eppure, anche così, c'è una fiamma di sfida nei suoi occhi. Non posso che ammirare la sua tempra.

"Farai come ti viene detto", le dico a bassa voce. "O te lo farò fare io".

Con mio assoluto stupore, la sua reazione è istantanea: le si annebbiano gli occhi e sento una zaffata molto più forte della sua eccitazione. Potrebbe essere che le piaccia essere minacciata?

Sicuramente no.

"Farai come ti dico, piccola Emma", continuo, guardandola intensamente per vedere come reagisce ad ogni parola. "O ti punirò finché non lo farai".

Il suo gemito è quasi impercettibile.

Quasi.

Sento il suo desiderio pulsare attraverso il nostro legame.

Mentre faccio scivolare la mano libera tra le sue cosce, non sono sorpreso di trovarla gocciolante, con la fica gonfia e calda al tatto.

"Questo pensiero ti eccita?" chiedo, trovando la piccola nocciolina che le dà tanto piacere, e tracciandoci dei piccoli cerchi intorno. Intrigante che la minaccia di una punizione possa eccitarla così tanto, e se è quello che vuole...

"No", piagnucola, chiudendo gli occhi, con le lunghe ciglia che sbattono contro la sua pelle arrossata.

"Stai mentendo", ringhio, pizzicando con forza il suo bottoncino del piacere. "Non mentirmi mai, Emma!"

Il grido che emette non è dissimile da quelli che le sfuggono quando raggiunge l'orgasmo e va dritto al mio inguine.

Ulf, ce l'ho duro.

"Per favore", sussurra. "Ti prego, non..."

"Non cosa?" chiedo, quando la sua voce si spegne.

"Non farmi questo".

"Farti cosa?" Prendo a coppa nel mio palmo la sua fica fradicia e comincio a sfregare, gustandomi il modo in cui le labbra gonfie scivolano contro la mia pelle. "Questo?

"Oh, cazzo!"

È appoggiata al muro con la mia mano intorno alla gola che la tiene ferma, ma noto che, anche così, le sue ginocchia si piegano.

Improvvisamente, mi rendo conto di quanto potere abbia su di lei. Posso farla stare bene, posso farla soffrire, posso farla urlare, piangere o sussultare. Questo chiama in causa la parte più primitiva di me: il cacciatore primordiale. Lei è debole. È una preda. Posso farne tutto ciò che voglio.

Non sto più pensando chiaramente. Reagisco solo d'istinto. Mentre ritraggo la mano che la stava toccando tra le gambe, mollo la presa alla gola e le sposto sulla nuca, così da far girare l'omega, tirarla un po' indietro e piegarla. Solle-vato di scatto l'orlo della sua tunica, alzo il braccio e, più forte che posso, faccio sbattere il palmo contro una sua natica bianca e paffuta.

Lo pacca echeggia per la stanza ed Emma emette un grido strozzato; ma c'è fame nel suo tono, non dolore.

"O questo? Ti piace questo?" ringhio.

C'è un'impronta perfetta della mia grande mano sulla sua pelle pallida. I bordi sono sollevati e scarlatti, e deve averle fatto male, ma io percepisco solo l'odore della sua umidità. Sento solo il suo desiderio. La schiaffeggio di nuovo, sull'altra natica.

"Questo è il modo in cui discipliniamo le donne là dove vivo io", le spiego. "Loro, però, non si divertono. Ho la sensa-zione che tu ti stia divertendo..."

"No!" guaisce lei.

"Non mentirmi!" Improvvisamente furioso con lei per la sua mancanza di sincerità, per la sfrontatezza che dimostra nel ritenermi così stupido da non sapere esattamente quanto sia eccitata, la spingo più in basso e sfogo la mia rabbia sul suo sedere nudo, facendoci piovere sopra una raffica di colpi violenti, finché le natiche non assumono una colorazione rosa acceso, con un rosso screziato che si intra-vede là dove le stanno già comparendo dei lividi.

Emma rimane completamente immobile per tutto il tempo, senza cercare di divincolarsi dalla mia presa, senza implorarmi di fermarmi, limitandosi a subire la punizione finché non decido che ne ha avuto abbastanza.

Ma non mi sfugge il modo in cui ora la sua fica scoperta luccica, esibendo la prova della sua lussuria o il modo in cui ansimava mentre la schiaffeggiavo ancora e ancora.

Ignorando il dolore pulsante al mio uccello, ancora una volta faccio scivolare il palmo sul bottoncino turgido tra le sue cosce, trascinandolo avanti e indietro.

Quando l'intenso orgasmo la travolge, Emma emette un gemito prolungato, simile a un ululato, mentre il suo sesso si contrae e schizza sulla mia mano.

Non mi arrendo; continuo a premere il palmo ruvido contro la sua fica fremente anche dopo che è venuta, fino a quando, alla fine, lei mi scongiura e si contorce, nel tentativo di allontanarsi dalla stimolazione.

Le do uno schiaffo tra le gambe, poi mi chino in avanti e le spalmo il suo liquido su bocca, naso e mento. "Ecco qui la dimostrazione che ti piace essere punita", ringhio. "Dimostra che mi hai mentito. Non mentirmi mai più, cazzo!"

La sto controllando, umiliando, punendo... e quello che fa dopo è quasi la mia rovina.

Emma apre la bocca e comincia a leccare il suo umore dalle mie dita.

Ritraggo la mano, libero la mia erezione furiosa e la immergo profondamente dentro il suo calore stretto e umido in un unico movimento fluido, scopandola da dietro, afferrandole i fianchi per tenerla ferma mentre prendo ciò che è mio.

È uno spettacolo così eccitante: Emma piegata quasi in due, languida e remissiva sotto i miei colpi, mentre le natiche scarlatte e chiazzate rimbalzano contro il mio bacino ogni volta che spingo.

Allungando una mano in basso, infilo le dita tra i suoi capelli e li afferro saldamente alla radice, vicino alla base del suo cranio; poi tiro finché lei non inarca la schiena e non si solleva quasi dal pavimento per la violenza delle mie spinte.

Non ho mai provato niente del genere. Tutto il resto ha cessato di esistere. Nulla importa se non il modo in cui questa femmina trema tra le mie braccia; l'inebriante profumo dei suoi umori; il modo in cui la sua fica stretta si

65

allarga intorno al mio cazzo mentre io mi tuffo in profondità.

Faccio scivolare il mio braccio libero intorno a lei per stringerla di nuovo al mio petto; poi la spingo contro la liscia parete argentata, rinunciando anche all'ultimo briciolo di autocontrollo mentre la scopo con tutta la brutalità che il mio calore richiede.

Emette sussulti irregolari e, quando la sento stringersi intorno a me, comincia a formarsi il mio nodo. "Ora!" ringhio, avendo bisogno che lei raggiunga l'orgasmo con me.

Il mio comando ha effetto: Emma rabbrividisce, la sua fica mi afferra mentre lei viene, con gemiti di piacere che si trasformano in un urlo allorché il mio bulbo si espande, allargandola dolorosamente.

Il mio stesso orgasmo scorre dentro di me con forza sorprendente, e non riesco a trattenere un ruggito di piacere mentre il mio uccello sussulta ancora e ancora, riempiendo fino all'orlo la piccola omega con i getti del suo sperma denso e caldo.

Emma è fatta per questo.

Fatta per me.

9

EMMA

Che diavolo c'è che non va in me? Per quanto Khan mi faccia infuriare, quando è vicino a me... quando sento il suo profumo inebriante... quando ringhia... non riesco a resistere. Ho sentito parlare dell'*istinto di accoppiamento* nei documentari sulla fauna selvatica, ma mai in un milione di anni avrei pensato che un essere umano potesse provare qualcosa di simile a quel tipo di impulso primordiale irrefrenabile.

E non voglio nemmeno rimanere incinta.

Rimanere incinta sarebbe il mio peggior incubo.

Nonostante tutti i suoi discorsi sulla procreazione, è biologicamente possibile che Khan mi metta incinta? Dopotutto, apparteniamo a due specie completamente diverse, anche se le somiglianze fisiche sono parecchie.

Comunque, che cazzo c'era nel siero che mi ha iniettato l'ogsul? Una specie di ormone della fertilità? Non è possibile che un corpo umano sia in grado di produrre quantità così abbondanti di lubrificazione vaginale... Prima mi bagnavo – mi sarei persino descritta come fradicia, a volte – ma ciò che la vicinanza di Khan induce nella mia regione inferiore è su un altro livello.

È come uno tsunami di fluido di donna.

Quando il suo bulbo si rilassa a sufficienza, riesco a districarmi, meravigliandomi ancora una volta dei rivoli del mio umore e del suo sperma che mi colano tra le gambe.

"Voglio fare un'altra doccia", gli dico, sicura che avrà qualcosa da ribattere.

Invece, si limita ad annuire. "Ti ricordi dov'è?" chiede.

"Sì. Non vieni con me?" Ad essere sinceri, sono ben lieta della possibilità di restare da sola, ma non ho idea se riuscirò a far funzionare quella doccia da sola.

"Devo assicurarmi che stiamo mantenendo la rotta", mi dice, sistemandosi la tunica.

Certo... siamo su un'astronave, diretti al suo pianeta.

Il suo dannato pianeta. Non la Terra. Bastardo.

Un'altra ondata di furia mi travolge, ma resto impassibile. Se dovesse percepire la mia rabbia, potrebbe rimettersi a fare le fusa, e quel suono ha lo stesso effetto su di me di una ninna nanna su un bambino irritabile.

In questo momento, preferisco la semplice e pura rabbia. Contribuisce a farmi ottenere qualcosa.

"Okay", gli dico, stringendomi la tunica. "Immagino che ti troverò ancora qui".

"Emma", dice, e fa un passo verso di me. I suoi scintillanti occhi scuri sono socchiusi, il suo sguardo intento. "Non pensare di provare a scappare. Non c'è alcuna via di fuga. Siamo su una piccola nave nello spazio profondo. Non vuoi farmi arrabbiare, vero?"

In realtà non avevo preso in considerazione alcun tipo di fuga, e lui ha ragione. "No", lo rassicuro. "Voglio solo rinfrescarmi. E, come hai detto tu, non ho alcuna via di fuga".

Quelle parole mi perseguitano mentre torno in bagno e fisso il pannello di leve e quadranti. Sento di aver bisogno di una laurea in ingegneria solo per far scorrere l'acqua. Dopo alcuni tentativi falliti, alzo una leva verso l'alto, giro una manopola e l'acqua inizia a uscire dal soffione principale. Mi posso accontentare.

Appendo la tunica a un gancio, entro nella cabina di vetro e procedo a strofinarmi tra le gambe e all'interno delle cosce. La mia mente corre a mille chilometri al minuto.

Prima i lati positivi: per quanto riguarda i rapitori alieni, Khan non è poi così male. È piuttosto attraente, se hai un debole per il tipo enorme, muscoloso e introverso con i tatuaggi, e mi dà orgasmi multipli con una facilità che dovrebbe essere illegale. Come ha detto lui stesso, ora potrei trovarmi in una situazione molto peggiore: tenuta legata e stuprata da chissà quante di quelle orribili creature che facevano offerte per me all'asta.

Potrei essere morta.

Non mi è accaduto niente di tutto ciò, il che è un buon inizio.

Passiamo agli aspetti negativi, purtroppo numerosi: Dio solo sa quanto sia lontana dalla Terra, bloccata su un'astronave che si sta dirigendo verso il pianeta di Khan. Dove lui è, a quanto pare, una specie di re. Vuole fare di me la sua regina e la madre dei suoi figli. Se ciò accadrà, non rivedrò mai più i miei amici o la mia famiglia. Non mi godrò mai la carriera per cui mi sono fatta il culo. Non sarò altro che una fattrice, tenuta lì a produrre eredi e pezzi di ricambio. E se Khan si stancasse di me? E se i maschi della sua specie avessero più mogli? E se sul loro pianeta facesse un freddo gelido o un caldo soffocante? E se tutto il loro cibo e le loro bevande consistessero in quella pappa insapore e granulosa e acqua naturale?

Posso vivere senza caffè? Cioccolato? Ciambelle?

Col cazzo che posso!

Ma aveva ragione quando ha detto che non c'è scampo per me in questo momento. Non finché sarò su questa nave. Se fosse la stessa nave su cui sono arrivata, potrei andare a caccia del condotto spazio-temporale che mi ha vomitato qui, ma ora sono sicura al cento per cento che, dopo essere caduta dentro quella pozza di fango, a casa, sono atterrata sulla nave spaziale su cui si stava tenendo l'asta, che sembrava molto più grande ed era piena di ogni sorta di alieni.

Khan deve avermi portato su questa – *sua* – nave dopo che gli sono svenuta tra le braccia per la prima volta.

Che gioia!

Uscendo dal box doccia, mi avvolgo nella vestaglia. Non mi sono lavata di nuovo i capelli: non ce n'era bisogno.

Il punto in cui mi ha morso sta pulsando di nuovo. Continuo ad allungare il braccio per toccarlo, anche se mi fa male, quando lo faccio. È quasi come una compulsione.

In effetti, molte cose vanno così da quando ho incontrato Khan. Mi ritrovo costantemente a fare cose che in realtà vorrei evitare: andare verso di lui, invece di allontanarmi da lui; sentirmi stranamente calma quando ho tutte le ragioni per farmi prendere dal panico; lasciare che mi scopi fino allo sfinimento anche quando vorrei strozzarlo...

Una volta tornata nella stanza con il tavolo, le sedie e le finestre, intreccio le mani dietro la schiena e comincio ad andare su e giù a passo cadenzato, come un preside intento a decidere su una punizione esemplare. Camminare a volte mi aiuta a organizzare i pensieri.

Esatto, Emma. Piano d'azione. Sei in questa situazione. Cosa farai per uscirne?

Ora come ora, non ho davvero molte opzioni. Devo stare al gioco e lasciare che Khan mi porti sul suo pianeta. Sembra che la tecnologia ulfarri sia molto più avanzata della nostra; quindi forse lì qualcuno sarà in grado di aiutarmi a tornare sulla Terra.

Oppure potrei ancora convincerlo a cambiare rotta e portarmi a casa prima che raggiungiamo il suo pianeta.

Anche se devo ammettere che non è affatto probabile che possa riuscirci.

Sospiro, sposto i capelli indietro, sopra le spalle, prima di riprendere a camminare. Prima non avrei dovuto pensare al caffè. Ora ne desidero disperatamente uno. Voglio un grande latte macchiato, ricoperto di panna montata e riccioli di caramello...

Voglio anche qualcos'altro. Coperte. Voglio delle coperte calde e morbide, candele profumate e cose del genere. Animali di peluche grandi, carini, come il delfino gigante e soffice che mi hanno regalato da bambina.

Perché dovrei volere queste cose ora?

Per fare un nido.

Sento la frase molto chiaramente, come se l'avessi detta ad alta voce; anzi, l'ho sentita pronunciare dalla mia stessa voce. Ma sono certa che le labbra non si siano mosse. In effetti non ho parlato.

Mi sento pensare?

Oh, cazzo! È questo, adesso? Alla fine sto perdendo la testa?

"Piccola Emma". Khan è tornato, e c'è un guizzo di desiderio nel profondo della mia pancia non appena arriva a pochi metri di distanza.

Avrà sempre questo effetto su di me? Comincio a sentirmi una ninfomane.

"Khan", rispondo, facendo un paio di passi indietro, cercando di attenuare l'effetto che il suo odore misterioso e decadente ha sul mio clitoride.

"Ti è piaciuta la doccia?"

"Beh, sono riuscita a farla funzionare, il che è una vittoria, per quanto mi riguarda", dico.

"Bene. Hai bisogno di qualcos'altro? Presto atterreremo su Ulfaria", mi dice Khan.

Fantastico. "Quanto presto?"

Alza una spalla massiccia e ingombrante. "Più tardi".

Lascio che la notizia venga metabolizzata per un momento. Dio, sono così stanca! Vorrei rannicchiarmi in un angolino morbido e lasciarmi trasportare altrove. Come posso chiedere ciò di cui ho bisogno senza sembrare una bambina di cinque anni?

"Letto", dico alla fine. "Voglio andare a letto".

Il viso di Khan si illumina e dentro di me impreco. "Non per accoppiarmi", preciso. "Per riposare".

"Riposare?"

"Dormire. Sono stanca", ammetto. È vero. Non ho idea dell'ora e non so nemmeno che dannato giorno sia, ma sento che, se ne avessi la possibilità, potrei dormire per almeno ventiquattro ore di fila.

"Allora dormiamo", conclude, e un attimo dopo vengo issata tra le sue braccia massicce per essere condotta nella camera da letto.

Anche se cerco di resistere, le mie narici si allargano e inspiro il suo odore, assaporando il modo in cui l'essenza muschiata mi incendia ogni terminazione nervosa. Sotto la vestaglia i capezzoli si inturgidiscono, e devo stringere le cosce per il dolore pulsante e implacabile che avverto al loro interno.

Smetterò mai di volere Khan?

10

KHAN

Non avevo mai fatto le fusa per una donna prima di incontrare Emma. Non ce n'era bisogno: ringhiare e fare le fusa funziona solo con le omega e, poiché non sono mai stato in calore prima, non ne ho mai avvertito l'impulso biologico.

Amo vedere l'effetto che il mio ringhio ha sul suo corpo. Il modo in cui le sue pupille si dilatano e le oscurano lo sguardo; il modo affannato in cui ansima mentre l'umidità si raccoglie nella sua fica.

Adoro anche vedere l'effetto che le mie fusa hanno su di lei. Indipendentemente da quanto sia arrabbiata o turbata, nel momento in cui inizio a fare le fusa diventa mansueta e remissiva, quasi come una ragazzina. La cosa migliore è che il suo bel viso si addolcisce e lei sembra davvero contenta.

È l'unico momento in cui sembra esserlo.

La guardo mentre dorme, gustandomi ogni curva, ogni linea, ogni forma e colore del suo magnifico corpo e del suo splendido viso. Dovrei proprio andare e assicurarmi che siamo ancora in rotta, che non ci siano problemi con l'equipaggio. Non mi vedono da quando ho portato a bordo la mia nuova compagna.

Ma è così difficile staccarmi da lei.

Ci sono nove principali re alfa su Ulfaria. Io sono uno di questi. Ma mentre gli altri scelgono di rimanere a casa, a governare i rispettivi regni, io preferisco esplorare i vasti misteri dello spazio. A chiunque mi chieda il perché racconto del mio spirito di avventura, della mia irrequietezza, della mia fame di acquisire nuove conoscenze, tecnologie ed esperienze.

Quello che non dico loro è il vero, principale motivo per cui ho cominciato a viaggiare in lungo e in largo per l'universo non appena ho raggiunto la maturità.

Volevo trovare la mia compagna.

Sono ricco, sono rispettato, sono libero di fare ciò che mi piace. C'è solo una cosa che manca nella mia vita, e si dà il caso che sia l'unica cosa che ho sempre desiderato: una famiglia.

I miei genitori sono morti quando ero piccolo e non ho fratelli. Forse è per questo che ne sento la mancanza più degli altri re, che devono ancora trovare le loro regine omega. Che non mi basta starmene seduto nel mio palazzo a maledire Ulf per avermi reso un alfa, quando le omega sono così rare... e le unioni di anime ancora più rare. Che ho deciso di fare qualcosa per il mio destino e di vagare tra le stelle, alla ricerca di omega per il mio pianeta.

Ma non avrei mai immaginato di trovare un'omega così perfetta. E non un'omega qualunque, ma quella che era destinata ad essere la mia compagna.

Il mio destino.

Emma è profondamente addormentata, ora; il suo petto si alza e si abbassa ritmicamente. I capelli morbidi e lucenti sono sparsi sul cuscino. Mi chino in avanti per inalare il suo profumo. Le labbra carnose sono leggermente socchiuse. Mi viene l'acquolina in bocca, ma resisto alla tentazione di leccarle.

Il suo profumo dolce e femminile persiste in ogni mia cellula, ma lei ha bisogno di riposare. Ne ha passate tante in così poco tempo.

Non riesco comunque a capire perché sia così restia a venire su Ulfaria con me. Perché era così indignata quando l'ho informata che sarebbe diventata la mia regina?

Dopotutto, il suo corpo reagisce al mio nello stesso modo in cui il mio reagisce al suo. E niente in tutte le galassie potrebbe tenermi lontano da lei, ora che l'ho trovata. Non ora che ho provato il legame. Il solo pensiero di stare lontano da lei per un po' di tempo basta a farmi contorcere le budella e a farmi provare un dolore acuto al petto.

È sicuro che si senta allo stesso modo?

Anche se da decenni è questa la mia missione, non mi sarei mai aspettato di trovare davvero la mia anima gemella. Speravo che il siero ogsul avrebbe funzionato su una femmina attraente al punto da farmi andare in calore, dopo averla annusata. Se l'odore del calore di un'omega mi manda in calore, sono in grado di impregnarla, indipendentemente dall'esistenza di un legame di anime. Ed ero arrivato al punto in cui mi sarei accontentato di questo: una femmina che trovassi attraente e con la quale poter allevare dei figli.

Ma c'è qualcosa in Emma... quello che provo quando è tra le mie braccia è molto più profondo dell'attrazione. Più profondo anche del calore. Non riesco a spiegare perché o come, ma non ho dubbi che il nostro sia un legame di anime. Darle il morso della rivendicazione è stato puramente istintivo; non avrei potuto evitarlo, così come non avrei potuto impedire al sangue di scorrere nelle mie vene. La fortuna che ho avuto trovandola va oltre i miei sogni più sfrenati; quindi, se pensa che le permetterò di andarsene...

Solo l'idea, l'immagine mentale di cambiare la rotta

75

della nave e riportarla sulla Terra, per dirle addio per sempre... basta a farmi venir voglia di battermi il petto e ruggire di dolore.

Non potrei mai farlo.

I miei denti hanno tracciato un vivido cerchio scarlatto sul suo collo e, anche se la carne è gonfia e sembra dolorante, il cuore batte nel mio petto ogni volta che lo guardo.

Il mio marchio.

Sulla mia compagna.

Che la lega a me.

Smetto di fare le fusa e subito ridivento duro. Il calore è davvero potente e totalizzante, proprio come narrano le leggende. Una pulsazione insistente echeggia attraverso il mio inguine, e lo scroto mi fa male per il bisogno. Resisto alla tentazione di allungare la mano e toccare Emma, di prenderle a coppa un seno gonfio e pallido, di rigirarle un capezzolo tra le mie dita finché non diventa teso e lei non emette uno di quei deliziosi gemiti di piacere che amo strapparle dalle labbra.

Come reagirebbe se le pizzicassi o le mordessi i capezzoli? La sua reazione al dolore è tanto eccitante quanto sorprendente. Di solito, devo stare molto attento con le femmine quando le scopo, per evitare di far loro del male: noi Ulfarri siamo famosi per la nostra stazza e forza. Dopotutto, discendiamo da generazioni di guerrieri. Ma con Emma posso essere rude. Posso essere esigente. Posso cedere parte del mio controllo e abbandonarmi al mio istinto biologico primordiale. In effetti, a lei piace così.

Chiudendo gli occhi, faccio un respiro profondo, stringendo i pugni per impedirmi di raggiungerla. Ha bisogno di riposo. E, se continua a dormire anche dopo che ho smesso di fare le fusa, andrò a controllare l'equipaggio. Devono ricevere istruzioni per il nostro ritorno su Ulfaria. Bisogna fare

76

gli opportuni preparativi. Il palazzo dovrà essere pronto ad accoglierla.

E poi c'è la questione del siero omega. Se gli ogsul hanno scoperto il modo di creare nuove omega usando delle u-man, allora c'è speranza per ogni alfa su Ulfaria. Ogni alfa su Ulfaria... e non solo. I re del mio pianeta presto sapranno del mio ritorno con un'omega. La desidereranno; magari tenteranno di rubarmela.

Potranno anche provarci, ma falliranno. Distruggerò chiunque tenterà di prendere ciò che è mio.

Emma piagnucola e io la guardo in faccia, ma i suoi occhi sono ancora chiusi. Mi rendo conto che sto ringhiando; perciò rimodulo il suono finché non ricreo il rumore sommesso tipico delle fusa. Mi occuperò dei re più tardi. Per prima cosa, devo istruire il mio equipaggio a comprare, barattare o rubare altro siero. E poi dobbiamo procurarci altre u-man. Dobbiamo scoprire come mai il siero abbia funzionato così bene su Emma e, in primo luogo, come lei abbia fatto a finire all'asta degli ogsul.

Non gliel'ho ancora chiesto. So così poco di lei. Ma ho intenzione di scoprire tutto. Non avrà segreti per me, come io non ne avrò per lei.

Le accarezzo i capelli e, quando non si muove, mi costringo ad alzarmi nonostante la mia estrema riluttanza. Adesso la lascerò riposare e, una volta tornati a casa e sbrigate le varie formalità, potremo andare a letto e restarci finché il desiderio sessuale non si sarà placato.

Non vedo l'ora.

Dandole un'ultima occhiata per assicurarmi che stia ancora dormendo, distolgo l'attenzione dal mio cazzo palpitante e premo il pulsante per aprire la porta.

Un capitano ha delle responsabilità, e io devo andare a prendermi cura delle mie. Poi, quando tornerò, lei si sveglierà e probabilmente avremo tempo per un'altra scopata, prima di atterrare. Se gli ultimi due giorni mi hanno insegnato qualcosa, è che le cose belle arrivano a chi sa aspettare...

11

EMMA

L'urlo mi risuona nelle orecchie, strappandomi dal sonno più profondo cui mi sia mai abbandonata. Apro gli occhi di scatto. Tutto il mio corpo sta tremando; l'urlo proviene da me... e sono nel mezzo dell'orgasmo più lungo e intenso della mia vita.

Smetto di urlare, ma sono rigida, con gli addominali contratti. Il mio sesso si contrae ritmicamente mentre il piacere partito dal clitoride si propaga, un'ondata dopo l'altra, a tutto il corpo. Sono vagamente consapevole che Khan è seduto accanto a me sul letto, intento a guardarmi mentre io rabbrividisco, impotente.

L'espressione sul suo viso è una combinazione di orgoglio e fame, e non posso fare altro che fissarlo mentre, con le sue abili dita, stimola il clitoride per trarne ogni residua goccia di piacere.

Una volta che l'ultima pulsazione si è attenuata, apro la bocca per dire qualcosa, ma le parole si trasformano in un sussulto quando, senza preamboli, fa scivolare dentro di me due lunghe e grosse dita e inizia a muoverle su e giù. Il modo vigoroso con cui accarezza il punto G mi fa fremere

79

tutta, e il mio intero nucleo si contrae per l'intensità delle sensazioni.

Emetto gemiti mai emessi prima mentre mi scopa spietatamente con le dita, e un attimo dopo, sento del liquido sulla mia pelle... sul petto, sulla faccia...

Khan mi sta facendo schizzare. Mi sto davvero schizzando addosso.

È umiliante.

È così bello che potrei svenire dal piacere.

Sto cercando di pensare, ma ora per me non esiste nient'altro, solo questa grande bestia alfa che mi sta facendo raggiungere vette di estasi di cui ho letto solo nei libri.

Khan mi sta ancora guardando, con l'accenno di un sorriso a incurvargli le labbra. Il suo enorme braccio è l'unica parte di lui che si muove. Mi sta facendo impazzire senza apparentemente alcuno sforzo.

Odio che abbia questo effetto su di me.

Lo voglio con una foga che mi spaventa.

"Per favore", riesco a dire, non sapendo nemmeno cosa gli sto chiedendo. "Per favore..."

Con occhi fiammeggianti, sposta la mano dall'interno delle mie gambe al mio viso, facendomi gocciolare i miei stessi umori sul mento e nella bocca.

È umiliante e carnale, e mi ritrovo a schiudere le labbra avidamente, lasciando che me ne schizzi un po' sulla lingua mentre un altro lampo di lussuria mi attraversa il basso ventre.

Poi si china per baciarmi, e il suo sapore e il suo profumo mi infiammano ancora di più. Ricambio il bacio avidamente, con il sapore piccante della mia eccitazione sulla lingua, allargando ancora di più le cosce mentre lui si sposta, le sue labbra ancora incollate alle mie, e si colloca sopra di me per sostituire il proprio membro alle dita.

Bagnata come sono, scivola dentro facilmente, nonostante la considerevole circonferenza, e io sussulto sulla bocca di Khan mentre lui procede, centimetro dopo centimetro, allargandomi, riempiendomi in un modo che, prima di incontrarlo, non avevo mai provato.

È come se i nostri corpi fossero fatti per adattarsi l'uno all'altro.

Khan inizia a muoversi, lentamente, interrompendo il bacio e sollevandosi finché non si appoggia sui gomiti, con i bicipiti piegati mentre mi schiaccia contro il materasso. Mi sta fottendo forte e in profondità, e chiudo gli occhi, persa nella sensazione.

"No", ringhia, "guardami!"

Non ho altra scelta che obbedire e costringermi ad aprire di nuovo gli occhi, ancora una volta sull'orlo dell'orgasmo dopo il suo ringhioso comando.

Il suo bacino esercita una deliziosa pressione ritmica sul mio clitoride e il suo membro si muove avanti e indietro sul mio punto G ormai gonfio, e sento che potrei svenire se non venissi presto, ma sta ancora aumentando... aumentando.

Poi Khan si muove ancora una volta, facendo scivolare un enorme avambraccio tatuato sul mio petto finché non mi immobilizza, rendendomi impossibile anche solo contorcermi per il piacere.

Non riesco a muovermi, non riesco a respirare, non posso fare altro che sdraiarmi lì e farmi fottere fino allo sfinimento da questa grande, splendida bestia, i cui occhi sono diventati quasi neri di lussuria.

Emette un ruggito e spinge forte, e questo mi manda oltre il limite, tanto da farmi vedere punti luminosi che danzano mentre mi frantumo in un milione di pezzi. Il dolore lancinante che invariabilmente precede il suo orgasmo serve solo a prolungare il mio, e urlerei, se solo ci fosse dell'aria nei miei polmoni.

Il flusso caldo e umido del suo sperma mi riempie, con

gli schizzi che arrivano a tempo con i suoi movimenti. Khan è così grande che sento il suo uccello pulsare anche se sono così bagnata. In effetti sto gocciolando, e ora la mia fica sta affogando mentre lui la riempie fino a farla traboccare.

Con un gemito rauco e tremante, Khan mi toglie il braccio da sopra il petto; poi si china per baciarmi di nuovo, tracciando il profilo della mia bocca con la lingua, mordicchiandomi dolcemente il labbro inferiore, distraendomi dal calore bruciante che avverto tra le gambe, là dove siamo ancora uniti.

Anche se sono venuta tre volte, anche se è ancora dentro di me, lo voglio di nuovo. Il mio corpo reagisce a lui in un modo che non posso controllare, e questo mi spaventa.

Perché, anche se è il miglior sesso che abbia mai fatto, sono preoccupata che stia diventando una dipendenza e che, più frequenti saranno le ricadute, più difficile sarà sconfiggerla. E poiché ho intenzione di trovare un modo per tornare a casa, io e Khan ci dovremo separare.

È un vero peccato che mi abbia rovinato per altri uomini.

Per sempre.

~

Khan

PER QUANTO VOLESSI FAR DORMIRE LA MIA PICCOLA EMMA, una volta tornato dopo essere andato a controllare il mio equipaggio, non sono riuscito a fermarmi.

In parte è stato per il suo aspetto: le sue membra snelle e rosa pallido sulle mie lenzuola, i capelli dorati arruffati intorno al viso, le labbra leggermente socchiuse.

È stato anche per il bisogno di possederla ancora una

82

volta, soprattutto dopo quello che era successo nella sala di controllo.

Ulf, aiutami! Questa bellissima u-man mi sta complicando la vita.

Avrei dovuto immaginare che era accaduto qualcosa, quando sono entrato nella cabina di pilotaggio per vedere Ebel, il mio tenente, che sembrava per metà imbarazzato e per metà arrabbiato.

"Dov'è stato, in nome di Ulf, signore?" mi ha chiesto con un sussurro furioso. Poi, senza aspettare una risposta: "Abbiamo un problema. Re Aurus chiede udienza. Adesso".

"Perché non mi hai chiamato?" gli ho urlato.

"L'ho fatto. Parecchie volte". I suoi occhi si sono posati sul mio polso nudo. *Per Ulf!* Dopo la doccia, ho dimenticato di riaccendere quel maledetto interfono.

"Cazzo! Ha aspettato a lungo?"

"Re Aurus non aspetta nessuno, nemmeno un altro re", ha detto Ebel. "Lei lo sa. Ha detto di contattarlo appena ricevuto il messaggio".

Ho sospirato e mi sono strofinato la nuca. Era una cosa insolita. Aurus si interessa solo di sfuggita ai miei viaggi, preferendo aspettare fino al mio ritorno per sentire se ho qualcosa di interessante da riferirgli. "Bene", ho aggiunto, cercando di non far trasparire l'irritazione dalla mia voce, "contattalo pure".

"Subito, signore", ha detto Ebel, spostandosi con fluidità al pannello dei comandi. Mentre si dava da fare per stabilire un collegamento tra noi e il Re d'oro, ho sfoggiato un'espressione di noia. I Nove governano parimenti Ulfaria, ma ognuno esercita il potere sul proprio regno. Non c'era motivo perché Aurus mi contattasse. Era successo qualcosa in patria? Stavano invadendo Ulfaria?

"Khan". La voce profonda di Aurus è risuonata nella sala di controllo, mentre il suo viso cesellato riempiva lo schermo dell'interfono. I suoi occhi dorati lampeggiavano e le sue labbra strette disegnavano una linea sottile. Dietro di lui, file di alfa in armatura dorata sull'attenti. Una dimostrazione di forza. Ho pensato che forse ci *stavano* invadendo, ma allora Aurus sarebbe apparso allegro ed eccitato, non arrabbiato.

"Aurus. A cosa devo il piacere?" Mi sono imposto di essere pacato ed educato.

"Andiamo, Khan, conosci la risposta", ha detto Aurus. "Eravamo così eccitati quando abbiamo sentito la notizia, che abbiamo deciso di venire a vedere di persona".

"Signore", ha mormorato Ebel, e ha toccato un pannello per riempire un secondo schermo con un'immagine irritante.

Anche prima di guardare, sapevo cosa aspettarmi e quello che ho visto sullo schermo lo ha solo confermato: le montagne ricoperte di foreste della mia patria; il palazzo delle cascate – il *mio* palazzo – con la vista della natura incontaminata rovinata da una nave dorata dopo l'altra. Aurus si era recato ad Altrim, nel *mio* regno, con tutta la sua flotta. C'erano navi dorate a perdita d'occhio che scintillavano nei molti soli di Ulfaria, impedendomi l'accesso al mio porto.

"Non mi hai mai mandato un comitato di benvenuto prima d'ora", ho detto, con la voce tesa, sforzandomi di non stringere i pugni, nel caso in cui riuscisse a vederli.

"Prima d'ora non sei mai tornato con una vera omega", ha ribattuto Aurus, i cui occhi fulvi diventavano scuri per un'emozione che non riuscivo a identificare. Lussuria? Collera? Irritazione? "Abbiamo organizzato una riunione del consiglio per vederla di persona. La porterai alla riunione e ci racconterai come sei riuscito a trovare un'omega, la prima di questa era".

Per un breve momento, ho interrotto il contatto visivo

84

con lui per esaminare il mio piccolo equipaggio. Aurus sapeva di Emma. Qualcuno aveva fatto trapelare l'informazione e mi aveva tradito. Ulf, aiutali!

Ho fatto un leggero cenno a Ebel, che lui ha ricambiato. Cercherà di trovare il traditore e scoprirà chi di loro ha violato la mia fiducia e ha detto ad Aurus di Emma. Chiunque sia, non vivrà abbastanza da vedere un'altra alba.

"L'omega è spaventata ed esausta", ho detto lentamente. "Abbiamo viaggiato lontano. Prima le presenterò la sua nuova casa e poi..."

"Avevi almeno *intenzione* di presentarmela?" Aurus ha inarcato un sopracciglio.

Ho ignorato l'interruzione. "Come mia compagna e regina, la mia omega governerà Altrim al mio fianco". Ho costretto la mia voce a rimanere calma.

"La tua *compagna*?" Gli occhi di Aurus hanno lampeggiato. "L'hai già marchiata?"

Un ringhio possessivo è scaturito dal mio petto. "Emma è mia. La mia omega. La mia compagna".

"È così?" Aurus ha piegato da un lato la sua testa dorata. Dietro di lui, i suoi guerrieri si sono spostati leggermente, emanando bagliori dalle loro sgargianti armature. "Metteresti in gioco il tuo regno per lei?"

"Metterei in gioco la mia vita". Ho incontrato gli occhi del Re d'oro, rifiutandomi di distoglierli. L'Esercito d'oro è il più grande su Ulfaria, ma le mie navi sono le più veloci. Posso dare il segnale a Ebel e scomparire nella galassia, molto fuori portata, e Aurus lo sa. E ora è chiaro: rinuncerei a tutto per Emma. Alla mia vita. Al mio pianeta. A tutto il mio regno.

"Non ce n'è bisogno", ha mormorato Aurus. Ha alzato una mano e i suoi guerrieri hanno marciato fuori dalla nostra vista. Non mi sono rilassato: avevo altro da barattare. "Ho riunito i Nove Re per un consiglio. Tu e la tua

85

Emma", ha sussurrato il suo nome, "siete invitati a partecipare".

Non era un invito che potevo rifiutare.

"Molto bene", ho grugnito. Aurus ha sbattuto le palpebre. Si aspettava che combattessi o fuggissi? Avevo un altro piano: il baratto. "Al consiglio, possiamo discutere della nuova fonte che ho trovato, una fonte che può fornirci molte omega".

Aurus ha perso ogni parvenza di arroganza. "Oh?" Si è chinato in avanti sulla sua poltrona di comando. "Di quale fonte si tratta? Dimmelo".

"Lo farò. Alla riunione del consiglio". La mia risposta deve essere suonata troppo compiaciuta, perché Ebel si è schiarito la gola. Non è saggio prendersi gioco del Re d'oro. Il suo esercito di guerrieri alfa è più grande del mio intero Paese. Non temo la morte, ma, se morissi io, non resterebbe nessuno a proteggere Emma.

"Molto bene", ha abbaiato Aurus. "Ne parleremo all'incontro del consiglio. Le mie navi ti faranno da scorta. E ricorda", ha puntato un dito su di me, "porta l'omega con te".

"Voglio la tua parola che a me e alla mia omega non verrà fatto alcun male", ho ringhiato di rimando.

"Hai la mia parola. Portala", ha ordinato.

Lo schermo si è oscurato prima che potessi rispondere. *Al diavolo Aurus e la sua arroganza!* Se non avesse l'esercito di alfa più grande e letale di tutta Ulfaria, gliela farei pagare. E se provasse a prendere la mia omega...

Il sangue mi ribolliva nelle vene. Il mio uccello era infuriato per il bisogno di possedere di nuovo l'omega in questione. Il solo pensiero delle mani di qualcun altro su di lei era abbastanza per accecarmi di rabbia.

Mentre il mio ruggito echeggiava per tutta la nave, mi sono girato sui talloni e mi sono diretto verso la mia camera, dove mi sono sforzato di trattenermi abbastanza a lungo da poter svegliare la mia compagna con un orgasmo, prima di permettermi di immergermi nella sua calda umidità...

Eppure anche adesso, dopo il mio stesso orgasmo, mentre sono ancora sepolto nel profondo di lei, il bisogno di reclamarla e possederla è così grande che non riesco a resistere; ricomincio a muovermi.

Il bulbo la sta ancora allargando tenendola saldamente stretta, ed Emma emette un grido di dolore alla prima spinta, ma faccio scivolare la lingua sulle sue labbra, e subito il pianto si muta in un sussulto di piacere.

È così morbida, così bagnata, così calda. Ed è tutta mia.

Pensavo che l'istinto del calore fosse forte prima, ma questo è completamente su un altro livello. Come se la mia lussuria fosse stata sostituita dalla rabbia. Una foschia scarlatta mi offusca la vista mentre un ringhio erompe dal mio stesso cuore.

"Khan". C'è una nota di paura nella voce sommessa di Emma, ma la registro come una cosa lontana e insignificante. Tutto ciò che conta è che la faccia di nuovo mia, e lo farò, che le piaccia o no.

Afferrandole i capelli setosi e dorati, le tiro indietro la testa e affondo i denti nel suo collo mentre la spingo contro il rigido materasso. Il mio uccello sembra enorme, gonfio e, anche così, il bulbo si sta ammorbidendo, visto che ora sono in grado di spingere più liberamente, tirandomi fuori quasi del tutto, prima di affondare di nuovo dentro di lei.

"Khan..." È in parte gemito, in parte sussulto, e mi fa male al cuore. La sua pelle risulta avere un gusto dolce e piccante quando lecco i segni profondi che i miei denti le hanno lasciato sulla gola.

Drizzandomi su, faccio scorrere la lingua da sopra la sua spalla fino al suo seno destro, per poi morderle il capezzolo rosa teso, fino a quando lei grida e si contorce nel tentativo

87

di spostarsi, anche quando la sua fica si stringe intorno a me. Questo fremito involontario di sottomissione mi spinge oltre il limite, e faccio quello che sembro incapace di evitare da quando ho posato gli occhi su questa splendida creatura: perdo completamente il controllo.

Furibondo con Aurus perché ha osato anche solo menzionare la possibilità di portarmela via e furioso anche con Emma per avermi fatto provare paura per la prima volta nella mia vita, permetto al calore di prendere il sopravvento e agisco per puro istinto, fregandomene di tutto, a parte di quello che il mio corpo sta chiedendo; quello che mi spinge a fare il suo profumo; quello che il mio impulso possessivo sta urlando nel mio cervello.

Non voglio sentire le sue grida; non voglio guardare nei suoi occhi enormi ed espressivi. In questo momento, non si tratta di procreazione o di piacere, nemmeno del mio.

L'unica cosa che conta è marchiarla come mia e assicurarmi che qualsiasi maschio per miglia intorno non abbia dubbi sul fatto che appartiene a me ed è off-limits.

Coprendole la bocca con la mia, le stringo forte l'altro seno mentre mi tiro fuori da lei; poi la capovolgo, la metto in ginocchio e, premendole il palmo della mano sulla schiena, le faccio appoggiare il viso sul letto.

Il suo sedere ha la forma della punta di una lancia, penso pigramente mentre, ancora una volta, fendo in due la sua fica liscia con il mio membro palpitante, afferrando le natiche paffute appena comincio a spingere, in profondità e con forza.

Ogni volta che Emma cerca di alzarsi, la costringo ad abbassare di nuovo la testa, in modo che i cuscini attutiscano le sue grida. Dato che ho superato il punto di non ritorno, non sono disposto a sopportare alcun accenno di paura o dolore nella sua dolce voce. In questo momento non

88

potrei smettere di scoparla neanche se ne andasse della mia vita.

Neanche se mi pregasse.

Allontanando quei pensieri spiacevoli, mi concentro su nient'altro che la sensazione fisica, il piacere che, irradiandosi dal punto in cui i nostri corpi sono uniti, si diffonde in tutto il mio essere.

Spingo più forte, mentre il mio orgasmo già minaccia di sopraffarmi. Il mio ringhiare è assordante nelle mie orecchie o, forse, è il sangue a martellarmi nella testa. Comunque sia, mi concentro sulle linee morbide della sua schiena, sul modo in cui la sua piccola vita si immerge prima di allargarsi di nuovo, assumendo quella forma di lancia grassoccia, e sul modo in cui il suo profumo riempie ogni mio poro.

Il mio nodo sta per formarsi di nuovo. Le sue grida soffocate si fanno più forti e, nonostante il fiume di liquido che le cola lungo l'interno delle cosce, riesco a sentirla quando inizia a pulsare intorno alla mia rigida lunghezza.

È la mia rovina. Senza pensarci coscientemente, mi stacco da lei, la sollevo e la faccio girare, buttandola giù sulla schiena appena in tempo.

Il mio orgasmo è così intenso da togliermi il respiro. Il mio uccello sussulta ancora e ancora e ancora, mentre i getti del mio sperma schizzano fuori, andandole a finire su viso, pancia, seni, capelli.

È una cosa primordiale. La sto marchiando. Porterà il mio seme e il mio profumo, ne sarà ricoperta, lo indosserà come un distintivo d'onore e un talismano per allontanare qualsiasi altro maschio affamato.

Quando il mio orgasmo finalmente si placa, emetto un ultimo, fievole ringhio; poi mi accascio accanto a lei, intrappolandola sotto il mio braccio; sulla pelle, l'appiccicosa umidità del mio stesso sperma.

Il mio cuore e il mio uccello battono all'unisono e mi sento più esausto e svuotato che soddisfatto.

Ma avverto anche un senso di sollievo.

Nessuno la toccherà, ora.

Lo ucciderei, se anche solo ci provasse.

12

EMMA

Khan sta facendo le fusa. Sono sdraiata lì, coperta di sperma e tutta appiccicosa, sbigottita dal modo in cui mi ha appena preso, senza alcuna apparente interesse o preoccupazione per il mio piacere, e le sue fusa sommesse mi rendono impossibile esprimere i miei sentimenti.

Il sesso che abbiamo fatto prima era rude, primitivo, persino doloroso, ma quello che ha appena fatto era su un livello completamente diverso. Non so dove sia andato mentre dormivo, ma è chiaro che è successo qualcosa. La rabbia si irradia da lui in maniera tangibile, e anche quando era dentro di me sembrava stranamente distante, come se non stesse davvero lì con me.

Per la prima volta da quando mi ha riportato sulla sua nave, ho avuto davvero paura che potesse farmi del male e, quando si è mostrato sordo alle mie suppliche, questa sensazione non ha fatto che aumentare.

Eppure... eppure... il suo magnetismo è così ammaliante che sono venuta comunque, e con forza. Il modo brutale in cui mi ha scopato, il modo in cui le sue mani grandi e possenti mi hanno afferrato, lasciandomi dei lividi, e le fitte di dolore causate dai suoi denti hanno attraversato il mio nucleo, per non parlare del modo brusco in cui mi ha capovolta e mi ha preso brutalmente da dietro: tutto questo insieme di cose ha contribuito a farmi volare oltre il limite.

Non sapevo che potesse esistere una tale chimica tra due persone.

Stavo ancora venendo quando si è ritratto di scatto dalla mia fica in preda agli spasmi, mi ha fatto girare sulla schiena e mi ha schizzato addosso. È stato eccitante e umiliante allo stesso tempo, e il modo in cui lo ha fatto era quasi metodico, come se fosse intento a ricoprire la maggior parte possibile del mio corpo. Ero già consapevole che produceva abbondanti quantità di seme, ma non mi sono davvero resa conto fosse copioso finché gli schizzi non sono finiti sulla mia pelle, gocciolandomi sul mento, sui seni, lungo le costole, per poi raccogliersi sulla mia pancia.

Sembrava un atto selvaggio, in un certo senso; era come se un animale stesse marchiando la sua compagna.

Vorrei chiederglielo, chiedergli cosa c'è che non va, chiedergli perché è così arrabbiato, ma le sue fusa mi stanno rendendo sonnolenta e calma, inabile, o riluttante, persino a parlare. Mi rannicchio contro i suoi muscoli tonici e gonfi, inspirando il suo odore muschiato, e chiudo gli occhi mentre le sue braccia si stringono intorno a me come una morsa protettiva.

Qualunque sia il problema, lo risolveremo in un minuto. Ho solo bisogno di riposarmi un po'...

~

Khan

"Khan?" Le labbra di Emma si schiudono mentre la rimetto in piedi. Mi aveva pregato di farle fare una doccia,

92

ma ho rifiutato. Le ho permesso invece di lavarsi il viso e spazzolarsi i capelli, prima di possederla di nuovo. È intrisa del mio profumo. Vestita con una fresca veste bianca. Gioco con una ciocca dei suoi morbidi capelli. Se potessi, prima di raggiungere il mio regno rimarrei qui e me la scoperei di nuovo. Andassero pure al diavolo Aurus e il consiglio.

Prendo il mantello che ho scelto di farle indossare, per proteggere il suo corpo e avvolgerla nel mio profumo.

"Siamo qui?" chiede Emma. "Nel tuo regno?"

"Una leggera deviazione", grugnisco e le poso una mano sulla nuca, per poi massaggiargliela leggermente. Sgrana i suoi grandi occhi.

"Va tutto bene?" La voce le trema leggermente. Sembra in sintonia con i miei stati d'animo, così come io lo sono con i suoi, grazie forse a un legame invisibile che ci unisce. In questo momento, sente una trepidazione venata di curiosità.

"Andrà tutto bene". Mi chino per incontrare i suoi occhi. "Non permetterò mai a nessuno di farti del male".

"Lo so". La trepidazione scompare, lasciando solo spazio alla curiosità. Le sue pupille si allargano, sommergendo il blu. Il suo profumo inizia a salirmi alle narici. Se non spingo lei e me fuori di qui, ora, non riuscirò a trattenermi dallo scoparla ancora una volta.

E invece preferirei togliermi il pensiero.

Le tolgo la vestaglia bianca e l'avvolgo in un mantello. È uno dei miei e fascia completamente la sua forma. Perfetto.

"Ehm, Khan?" Emma alza un braccio. Le sue membra stanno nuotando nelle lunghezze extra del tessuto. Un terzo del mantello si accumula ai suoi piedi. "Non sono sicura di poter camminare con questo".

"Non ce n'è bisogno". La prendo tra le braccia. Mi afferra le spalle mentre la porto fuori dalle nostre stanze e lungo il corridoio, fino alla baia di uscita.

Il mio equipaggio si è riunito lì. Sanno che sono stato convocato al Consiglio dei Re.

Quando appaio, scattano sull'attenti, allineati su due file ai lati della passerella. Oltre di loro, il Regno d'Oro sta luccicando.

"Avete i vostri ordini", dico. Ebel annuisce e gli altri si battono il petto per confermare il mio comando. Mentre oltrepasso Ebel, lui lancia un'occhiata verso un membro dell'equipaggio in piedi lungo la fila. Ha individuato la spia e l'ha collocata in fondo allo schieramento. Eccellente.

Mentre procedo lungo la passerella, sposto Emma alla mia sinistra. Il traditore è un giovane membro dell'equipaggio. Porta i capelli lunghi, come i miei. Forse nutre l'illusione di sostituirmi. Il mio pugno si chiude sull'elsa della mia scimitarra.

Mi fermo davanti a lui. "Ne valeva la pena?" chiedo.

L'alfa spalanca gli occhi. "Signore?"

"Cosa ti ha promesso? Ricchezza? Oro? O una chance con l'omega?"

Gli occhi del traditore si posano sul viso di Emma. Grosso errore. Sguaino la mia lama luccicante e, con un rapido movimento del braccio, gli separo la testa dal collo. Mi metto di traverso per proteggere Emma dagli schizzi di sangue.

Lei ansima. Prima ancora che il corpo cada, inguaino la mia scimitarra – la lama si nutre di sangue e carne e, quindi, si autopulisce – e scendo la passerella, per poi dirigermi a grandi passi verso lo sgargiante palazzo dorato, che luccica al sole. Ebel chiede a un membro dell'equipaggio di far sparire i resti dalla nave. Il corpo del traditore può marcire sulla soglia del palazzo di Aurus: un monito per lui e tutti coloro che tentassero di mettersi tra me e la mia omega.

C'è un motivo se ci chiamiamo *I Brutali.*

94

Emma

Fuori è così luminoso! Appoggio la testa sulla spalla di Khan per proteggermi dal bagliore. Continua a camminare e la luminosità si intensifica, come se stessimo avvicinandoci al sole. Il calore mi colpisce in viso, bollente, insieme a un profumo ricco e speziato. Dopo l'aria fresca e riciclata della nave, è uno shock.

In lontananza, sento un suono come di uccelli che cinguettano, e una brezza smuove la densa calura.

Lentamente, i miei occhi si adattano. E scopro di poter alzare la testa. Ma la luminosità è ancora lì. Non è il sole. È questo pianeta: Ulfaria.

La strada è fatta di metallo lucente in diverse sfumature di miele, bronzo e oro, un oro così brillante che sembra quasi platino, a seconda di come cattura la luce. Più soli brillano nel cielo color lavanda pallido davanti a noi. La terra sotto i nostri piedi brilla di un bagliore accecante.

"È così bello!" sussurro.

"Aurus ama il suo oro". Khan sembra sprezzante.

Non c'è da stupirsi che mi sembri di essere entrata in un forno. Abbasso la testa, grata per l'enorme cappuccio del mantello che Khan mi ha fatto indossare. Il tessuto sembra avere proprietà rinfrescanti. Tiene a bada parte del calore.

"Posso anche camminare, lo sai", mormoro. "Purché tu mi dia qualcosa di meno ingombrante da indossare".

"No", risponde, e il suo tono di voce dom mi preclude ogni altra eventuale opposizione. Non ho idea di dove siamo. Posso solo dire che Khan non è felice.

Quando i miei occhi si adattano ulteriormente al bagliore, mi inclino per guardare dove stiamo andando e sussulto. La lunga strada dorata è in realtà un ponte sospeso nell'aria. A fiancheggiare ogni lato vi è una fila di statue, con

95

elmi e armature dorate. Alla fine del ponte troneggia uno scintillante palazzo d'oro.

Superiamo la prima fila di armature e mi rendo conto che degli occhi brillano attraverso le visiere degli elmi. Non sono statue: sono soldati, che stanno in piedi immobili nel caldo torrido. Ce ne sono tantissimi.

Mi ritraggo e ricado tra le braccia di Khan. C'è un basso ringhio nel suo petto, ma è diverso dal modo in cui ringhia quando è arrapato. È come se si sentisse minacciato dai soldati. Deve essere questo il motivo per cui non è felice.

"Khan, che succede?"

"Non temere. Non ci vorrà molto. Non ti lascerò da sola".

Non mi lascia nemmeno camminare. Il ringhio gli rimbomba nel petto mentre mi porta fino al palazzo e su per i giganteschi gradini d'oro pallido. Le colonne torreggiano venti piani sopra di noi. L'interno è più fresco, ma non meno soffocante. Altre colonne d'oro fiancheggiano l'enorme corridoio davanti a noi.

Più ci allontaniamo dall'ingresso, meno opprimente è il caldo. Ogni tanto, la luce filtra dal soffitto per creare chiazze luminose tra le colonne giganti, mostrando grandi piante simili ad alberi, se gli alberi avessero tronchi bianco argenteo e grandi foglie nere o rosa. È una giungla in un palazzo. In lontananza, delle creature chiacchierano e si chiamano l'un l'altra. Il suono è gradevole, in qualche modo normale.

Spingo indietro il cappuccio, desiderando che Khan mi avesse lasciato fare una doccia. Che non mi avesse fottuto di nuovo subito dopo che mi ero lavata la faccia. I miei capelli sono un po' appiccicosi.

"Sta' ferma, Emma!" mi ordina. Con un sospiro, allontano la mano dai capelli. Con il suo seme sulla pelle e il suo mantello addosso, il profumo di Khan emana da ogni parte di me. Lo ha fatto apposta.

96

Più avanti, risuona l'assordante clic-clac del metallo che sbatte contro altro metallo. Diversi soldati corazzati giungono marciando alla vista, emergendo sullo spiazzo tra due colonne. I guerrieri sono enormi, persino più possenti di Khan, l'essere più grande che avessi mai visto. Se l'armatura che indossano è modellata sui loro muscoli, sono fatti come dei difensori di football e formano la squadra più grande e più cattiva di sempre. Alfa football. Probabilmente uno spettacolo da non perdere.

"Benvenuto, Maestà". Il guerriero in testa si batte il pugno sul petto placcato d'oro. Khan ringhia e continua a camminare. Le teste con l'elmo si girano a guardare mentre passiamo. La sensazione degli occhi su di me mi fa accapponare la pelle.

Posso rilassarmi solo quando la distanza tra noi e i guerrieri è aumentata. Più ci addentriamo nel palazzo, meno luce c'è. Non ci sono più alberi e il chiacchiericcio si affievolisce. "Che posto è questo?" sussurro.

"Il Palazzo d'oro", risponde. "Auro ha convocato un consiglio dei re".

Non sembra divertente. "Perché?" chiedo.

"Vogliono vedere ciò che ho rivendicato". I suoi occhi brillano.

"Huh".

"Comportati bene", mi avverte e mi dà una pacca sul sedere. Arrossisco, ricordando come mi ha sculacciato sulla nave. La sua mano era più dura e più pesante di certe palette che ho sentito sulla mia pelle, e la cosa mi eccitava in quel momento; ora, però, sono troppo dolorante e stanca per volere di più. Un nuovo contingente di figure incappucciate è venuto ad accoglierci, emergendo silenziosamente dall'ombra. Non sono massicci come i guerrieri di prima, ma il modo in cui i cappucci scuri incorniciano i loro volti è comunque inquietante.

"Benvenuti", dice la figura al comando mentre Khan si avvicina. Siamo arrivati alla fine del corridoio. La luce è più fioca e l'aria è immobile. Più avanti ci sono due massicce porte in metallo battuto, ottone probabilmente. Il colore sembra tenue dopo tutto quell'oro lucido, ma l'effetto non è meno stupefacente. "Aurus, il supremo re di Ulfaria, vi saluta. Ci congratuliamo con voi in questo lieto giorno".

Khan non dice niente. Sbircio le figure incappucciate: quella davanti indossa una tunica viola scuro e gli altri più indietro sono tutti in tonalità più chiare di lavanda grigiastra. Le loro tuniche sono simili a quella che indosso io.

"È questa l'omega?" La figura al comando mi fa un cenno. "Abbiamo preparato una stanza per lei, con biancheria da letto e cibi e bevande..."

"No!" Il ringhio di Khan echeggia per tutto l'oscuro corridoio.

La figura vestita si inchina leggermente.

Segue una breve pausa. Khan non ringhia più come faceva intorno ai guerrieri in armatura. Sembra un po' meno ostile.

"Portaci dal tuo re, mago", ordina. Mi strofino l'orecchio. Il mio traduttore non ha funzionato bene? *Mago?*

Le figure incappucciate si inchinano di nuovo e si spostano da una parte.

Le grandi porte si aprono verso l'esterno con angosciante lentezza. Khan aspetta un minuto, poi entra. Seguono le vesti viola.

La stanza interna ha le dimensioni di una sala da ballo, però cavernosa a causa del soffitto svettante, ma più accogliente, piena di una luce fioca. Sfere luminose e chiare sembrano fluttuare in punti specifici della stanza circolare. Il pavimento luccica per un intarsio d'oro e, sembrerebbe, ametista e altre pietre preziose. Il motivo conduce a un

98

grande tavolo rotondo fatto di una sostanza nera lucida, probabilmente onice.

Altre figure vestite stanno negli angoli, aspettando con le mani unite nelle maniche. Si sono raggruppati in base ai colori delle loro tuniche: grigio, marrone, verde e blu.

Khan si avvicina al tavolo. Il capo delle tuniche viola si affretta in avanti per tirare fuori un sedile con un cuscino lilla. I braccioli della sedia sono intagliati in legno scuro. Khan vi si sistema sopra lentamente, ma non mi lascia andare, tenendomi ancora in grembo.

Mi sono appena messa a mio agio quando le porte della stanza si spalancano. Fuori avanza un gigante con i capelli fulvi, la pelle color bronzo e denti bianchi e scintillanti. Una corazza d'oro copre parte del suo enorme petto. Indossa quelli che sembrano calzoni di pelle marrone e porta un elmo, che porge a una delle figure vestite di bianco che lo accompagnano. Altri soldati in armatura d'oro accorrono dietro di lui, occupando posti di guardia in tutta la stanza.

"Khan". La voce del nuovo arrivato rimbomba, mentre lui allarga le mani in segno di benvenuto.

"Aurus", ringhia Khan.

"E questa è l'omega". C'è una fame nella voce di Aurus che mi fa venir voglia di nascondermi. E così faccio.

Reclino la testa sul collo di Khan, che subito inizia a fare le fusa. La coraggiosa Emma ha abbandonato il campo. Khan non mi ha nemmeno consentito di camminare; quindi potrei anche interpretare la principiante spaventata. Cosa che in effetti sono.

Mi trovo su un pianeta alieno. Mi merito di concedermi qualche sfogo, ogni tanto.

Ma sbircio da dietro la tenda dei capelli color inchiostro di Khan per studiare Aurus. Mi sta fissando.

"È così piccola", mormora. "La trovi adeguata alle tue esigenze?"

Mi irrito.

"Molto", risponde Khan.

"E tu lo sei per lei?" Aurus sembra semplicemente curioso, ma Khan ringhia, prima di riprendere a fare le fusa.

Ottimo. Potrebbero anche tirare fuori i loro uccelli e metterli a confronto. Forse è di questo che si occupa il consiglio.

"Dobbiamo aspettare molto?" chiede Khan sopra il forte brontolio nel suo petto.

"Niente affatto", risponde Aurus. "Speravo che avresti permesso ai miei maghi di esaminare la tua omega..."

"No", ringhia Khan.

"Molto bene. Grazie per averla portata".

Khan grugnisce.

Aurus si siede e si appoggia allo schienale della sedia, facendo segno a un gruppo di cappucci grigi nell'angolo. Vengono avanti fluttuando, ciascuno con una brocca o un calice in mano. La coppa di Aurus è d'oro, quella di Khan viola. Un calice più piccolo, color lavanda, viene posto accanto al suo, presumibilmente per me.

Ho sete, ma non mi fido di qualsiasi cosa Aurus potrebbe servirci. A quanto pare, nemmeno Khan. Non si muove per bere.

Aurus sorride a entrambi da sopra l'orlo del suo calice.

Una porta si apre da un altro lato. A quanto pare, la stanza ha un sacco di ingressi diversi. Altri guerrieri in armatura d'oro entrano e prendono posto dietro ad Aurus. Pochi secondi dopo, un altro enorme guerriero entra in scena. Indossa calzoni scamosciati, come Khan e Aurus, e un mantello verde scuro. Un altro re? Lo segue un gruppo di figure coperti da tuniche, anch'esse in verde scuro.

Il guerriero si siede senza salutare nessuno. Nel momento in cui una figura con la tunica pone davanti a sé un calice verde smeraldo sul tavolo, il guerriero lo afferra e ne tracanna il contenuto. Poi prende l'intera brocca e la svuota. Quasi mi aspetto che rutti.

Si apre un'altra porta ed entra una grossa figura con un cappuccio grigio. Dietro di lui avanza un gruppo di maghi con indosso delle tuniche argentate, seguito da un contingente di guerrieri, in armature d'argento, che torreggiano su di loro. Questo re tiene su il cappuccio, ma i lunghi capelli che gli scendono sul petto sono color ghiaccio e, quando si siede e allunga la mano per prendere il calice, le sue mani appaiono pallide, con tatuaggi neri che serpeggiano sulla pelle.

"Benvenuti". Aurus alza il calice verso entrambi. "Do il benvenuto al Re di pietra. Il Re cacciatore". Brinda a turno al re dal cappuccio grigio e al re dal mantello verde. "E al Re vagabondo". Brinda a Khan.

Il Re di pietra mette le mani a cupola e si sporge in avanti. Il suo viso è ben nascosto nel cappuccio, ma un brivido mi corre lungo la mia spina dorsale, come per mettermi in guardia: mi sta guardando.

Il Re cacciatore gira la testa nella nostra direzione, i suoi movimenti fluidi, con una grazia felina. Alza la testa, annusando l'aria. "Amico", grugnisce, e si alza a metà.

Le fusa di Khan si trasformano istantaneamente in un basso ringhio di avvertimento.

"Su, su". Aurus agita la mano libera. "Resta dalla tua parte del tavolo. A Khan non piacerà se ci avviciniamo troppo".

A Khan decisamente non piace. Sono sicura che ognuno dei re ha il suo profumo specifico, ma tutto quello che riesco a sentire è il cuoio, il cioccolato e l'essenza di fumo che si sprigiona dalla pelle di Khan... e dalla mia. Sono grata per il mantello oversize che mi protegge.

"Possiamo iniziare?" Questo dal Re di pietra. La sua voce è dolce, con un leggero sibilo. Parecchio inquietante.

Un *mago* in una tunica grigia porta avanti una delle sfere chiare afferrando e tirando una corda immaginaria, così che la sfera galleggi nell'aria dietro di lui. La figura in tunica la fa avvicinare al tavolo, per poi bloccarla in corrispondenza di un posto vuoto. Un inchino, e il mago si ritira. La sfera si illumina di rosso.

"Benvenuto, Re demone", annuncia Aurus.

Un'altra figura in tunica porta una seconda sfera da un diverso angolo della stanza. Emette una luce bianca.

"Il Re delle rovine", annuncia Aurus. E, infine, una terza sfera: questa emette una luce nera. "Il Re delle ombre". Aurus si rivolge a tutti, sfere incluse. "Il Re bestia non si unirà a noi".

Conto i posti al tavolo. Ce ne sono per tutti i re, incluso il Re bestia, più un nono.

"Iniziamo?" chiede Aurus.

"E il Re delle distese?" chiede il Re di pietra, accennando al posto vuoto accanto al suo.

"Una semplice formalità". Aurus alza le spalle. Ma servitori in tunica sono raggruppati dietro ogni sedia e ad ogni posto viene servito un calice, anche a quello vuoto e a quelli che ospitano le sfere luminose.

Le sfere dovrebbero rappresentare i re? Oppure i re vivono in terre lontane e si collegano al consiglio tramite le sfere, come su un bizzarro Zoom alieno?

Aurus si alza e si sporge in avanti. "Vi ho riunito qui allo scopo di ricevere notizie da Khan. Il nostro Re vagabondo. Ha rivendicato un'omega".

"Impossibile", sibila il Re di pietra. "Non ne esistono".

"Odore". Questo dal Re cacciatore.

"Sì, esattamente", dice Aurus. "Non lo sentite?"

Tutti i re presenti girano la testa verso di me. Il Re cacciatore fa cigolare il sedile mentre si sporge in avanti, come se volesse lanciarsi verso di me.

Cosa accadrà se questi re si alzeranno per afferrarmi?

Khan è rigido sotto di me e sembra sul punto di perdere la testa. Piego il viso sul suo petto, serrandogli le mani intorno al collo e stringendole forte.

"Dove?" grugnisce il Re cacciatore.

"Dove l'hai trovata?" Aurus completa la frase.

"In uno spazioporto", risponde Khan. "Sai quanto viaggio".

"E l'hai reclamata senza voto?" chiede il Re di pietra.

"Sono un re alfa". La voce di Khan risuona nella stanza. "Non ho bisogno di alcun permesso".

Aurus alza una mano. "Prima che iniziate a discutere, vorrei che il nostro Re vagabondo ci parlasse del siero che crea le omega".

Khan borbotta qualcosa sottovoce. Aurus sta sorridendo, compiaciuto come se avesse eseguito al meglio un trucco di magia. "Perché non ce lo racconti tu, Aurus, visto che ne sai così tanto?" propone Khan.

"Non ne so quasi nulla", dice Aurus, sprezzante. "So solo che il siero esiste. Hai ucciso la mia spia prima che potessi raccogliere altre informazioni".

Oddio! Aurus sta sorridendo, ma l'aria nella stanza è già più pesante. Il rombo nel petto di Khan si fa più forte. Il Re cacciatore ha un pugnale in mano e lo sta lanciando su e giù, afferrandolo senza nemmeno guardare. Mi guarda incuriosito, ma è il Re di pietra che mi sta dando vibrazioni da brividi. Non voglio sapere cosa c'è sotto il suo cappuccio.

"Il siero ci consentirà di produrre altre omega", afferma Khan. "I miei uomini se ne stanno procurando un po' adesso. Si stanno accordando con gli ogsul, le creature che l'hanno inventato".

"I miei maghi sono pronti. Studieranno il siero, così che potremo riprodurlo", dice Aurus affabilmente.

"Ma il siero funzionerà sulle ulfarri?" domanda il Re di

pietra.

"Non lo so", risponde Khan. "Gli ogsul e i nostri maghi potrebbero fare un tentativo".

"Inviteremo degli emissari ogsul e li pagheremo profumatamente. Potranno somministrare il siero sotto la supervisione dei nostri maghi e insegnare loro a sintetizzarlo. Sono sicuro che tutti noi abbiamo delle schiave del piacere che possiamo donare per il processo", afferma Aurus.

Rabbrividisco. Queste povere schiave del piacere verranno usate come cavie in un esperimento medico.

"Di che razza è la tua omega?" chiede il Re delle ombre. Khan mi stringe ancora di più tra le braccia, anche se già sto schiacciata contro il suo petto.

"Una u-man", risponde Khan. "Una specie che vive su un pianeta lontano chiamato Terra. Gli ogsul sono stati in grado di procurarsi la mia attraverso un portale".

Un portale? Sembra qualcosa di un videogioco, ma è un termine come un altro per indicare il condotto spazio-temporale in cui sono stata risucchiata quando mi trovavo sul campo.

"E possono procurarcene altre", continua Khan.

"Quindi, se le nostre beta non potranno prendere il siero, potremo semplicemente usare le femmine u-man", dice Aurus.

"No", dichiaro automaticamente, troppo piano perché qualcuno possa sentire, ma la testa del Re cacciatore scatta di nuovo verso di me. I suoi occhi sono verde smeraldo. Sbatte le palpebre e noto le sue lunghe ciglia.

"Sì", sta ancora parlando Aurus, "i miei maghi scopriranno un modo. Khan, i miei guerrieri alfa saranno al tuo servizio, se fornirai agli emissari le navi con cui potranno andare dagli ogsul. Forse possiamo persuaderne uno o due ad accettare il nostro invito e a trattenersi qui a lungo termine. I miei maghi studieranno sia il siero che i portali".

"Certo", concorda Khan.

"E se le nostre schiave del piacere non si adatteranno al siero, useremo invece queste u-man". Aurus mi guarda. "Ne vorrei una con i capelli dorati, come questa".

Khan emette un ringhio, ma sono troppo distratta. Che succede? Si stanno mettendo d'accordo per fare che cosa? Rapire altre umane? Donne come me?

Do un colpetto a Khan, ma lui non reagisce.

"Questo risolve tutto", continua Aurus. "L'obiettivo Omega è iniziato. Creeremo le omega perfette, usando il siero e le u-man, se il siero non funzionerà sulle beta. Ognuno di noi può scegliere le caratteristiche che preferisce".

"Non sono schizzinoso", grugnisce il Re cacciatore. "Purché l'utero sia quello di un'omega".

Grossolano. "No", dico, questa volta più forte. "Non è giusto. Non potete prendere le donne".

"Silenzio!" mi intima Khan. Con una mano mi stringe la nuca e preme il mio viso contro la sua spalla, come se fossi una bambina irritante che sta cercando di far tacere. Mentre il suono della mia voce viene attutito, lui dice con calma agli altri: "La mia omega è angosciata. Vogliate scusarci".

Gli altri mormorano qualcosa, e si sente un rumore di sedie che strusciano sul pavimento quando questi si alzano per una sorta di ripugnante cortesia. Cerco di liberarmi, ma Khan mi tiene stretta. "Zitta, piccola omega!", mi ordina. Sta camminando velocemente verso la porta. "Andrà tutto bene".

No, non andrà così. Voglio urlare. Cattureranno altre donne umane come schiave del piacere... e poi? Se la spasseranno con loro? Le rivendicheranno come compagne? Faranno a loro quello che Khan ha fatto a me? Io potrò anche ricambiare il suo interesse, ma queste altre donne... Devo salvarle. Devo fare qualcosa.

13

EMMA

Se la lunga passeggiata attraverso il Palazzo d'oro fino al Consiglio dei re è durata un'eternità, il ritorno alla nave, invece, non richiede molto tempo. Khan tiene una mano sulla mia testa, costringendomi a rannicchiarmi contro di lui. Le sue fusa vanno a tutto gas, intensificandosi ad ogni passo. Da quando abbiamo lasciato il caldo del regno di Aurus per l'aria fresca della nave, il mio corpo sta rispondendo al suono costante, rassicurante. Anche il modo in cui il petto di Khan vibra non guasta. E il profumo al cioccolato affumicato che emana dalla sua pelle mi fa venire l'acquolina in bocca, tanto che il mio nucleo si stringe. Non ha senso, ma l'eccitazione mi travolge, soffocando ogni logica, trascinandomi a fondo.

I miei umori stanno scivolando giù tra le mie natiche mentre Khan mi conduce nei suoi alloggi. Dà ordini agli uomini dell'equipaggio, ma io sono troppo impegnata a inalare il suo profumo. La mia lingua schizza fuori per leccargli il collo.

Una porta si chiude dietro di noi con un suono simile a quello della voce del Re di pietra. Mi fa trasalire, e finalmente riemergo dalla mia nebbia. *Femmine umane, portali, siero.* Ruberanno donne come me e le trasformeranno in omega. *Devo fermare tutto ciò.*

"Le umane e il siero... non potete farlo..." Mi tiro indietro per esporre le mie ragioni. Errore. I miei occhi incontrano quelli di Khan e uno tsunami di eccitazione si abbatte su di me. Il mio stesso odore mi giunge alle narici, denso e dolce.

"Omega", sussurra Khan mentre fa le fusa.

"Khan, per favore..."

Ma mi ha già spinto di nuovo sul letto. Emette un ringhio morbido e sexy e il mio corpo trema, mentre il liquido sgorga dal mio sesso e il clitoride pulsa. Allungo un braccio verso di lui, piagnucolando.

"Silenzio, piccola Emma. Andrà tutto bene", mormora. Le parole gentili contrastano con il modo violento in cui mi strappa la tunica di dosso e comincia a dondolare sopra il mio corpo per scoparmi.

La mia protesta si alza e si infrange contro il muro del mio bisogno, riducendosi a un nulla.

Khan

COPULO CON LA MIA DOLCE OMEGA FINCHÉ LE SUE GRIDA PIAGNUCOLOSE LASCIANO IL POSTO A URLA DI PIACERE. Poi me la spasso con lei ancora per un po'. Quando finalmente mi alzo, facendo le fusa per calmarla, le coperte sono inzuppate dei suoi umori e del mio seme. La sua piccola fronte è corrugata e le sue pupille nere si stanno restringendo all'interno dell'iride, ora più ampia, di un bellissimo e inquieto color azzurro.

Col pollice provo a distenderle le rughe sulla fronte. Le sue labbra tremano e io faccio le fusa più forte. Vorrei poterla scopare fino allo sfinimento, ma, se è destinata ad essere la mia regina, la mia compagna, la madre dei miei eredi, devo concederle il tempo di metabolizzare la cosa. Anche se ora vorrei scoparla di nuovo.

"Hai delle domande", mormoro, stringendomela al petto in modo che le mie fusa vibrino attraverso di lei. "Chiedi".

"Chi erano quei re?" La sua voce è bassa, roca. Prendo un bicchiere d'acqua su una mensola laterale e glielo premo sulle labbra. Devo assicurarmi che mangi e beva a sufficienza, quando non la porto con me.

"Il pianeta è suddiviso in regni", le spiego mentre butta giù l'acqua. "Ogni re esercita il potere nei suoi territori senza alcuna opposizione. Il nome di ognuno rispecchia le sue caratteristiche o le caratteristiche del suo regno".

Lei finisce l'acqua e si passa una mano sulla bocca.

"Altro?" le chiedo, e lei scuote la testa; quindi prendo il suo bicchiere e lo metto via. Le premo la testa contro il mio petto ancora una volta e le passo le dita tra i capelli biondi e setosi, impigliandomi in una chiazza appiccicosa là dove il mio seme si è asciugato. Un'esplosione di orgoglio possessivo mi scalda il petto. "Aurus è il Re d'oro, così chiamato perché nel suo regno si estrae la maggior quantità di oro. Ostentano la loro ricchezza con il palazzo, il ponte d'oro e le armature per il loro esercito. Le terre del Re cacciatore sono perlopiù coperte da foreste. Lui passa la maggior parte del tempo a cacciare le bestie letali che vagano e si riproducono negli angoli più oscuri del suo regno. Sono sorpreso che sia emerso dalla sua solitudine. Doveva essere curioso di vedere un'omega". Le mie dita incontrano un altro ciuffo appiccicoso di capelli: il risultato del nostro modo impetuoso di fare l'amore. Il profumo dei nostri fluidi mescolati è delizioso.

Un ampio sorriso appare sul mio volto, senza che lei

possa avvedersene. Di tutti i re di Ulfaria, io sono l'unico che si è dimostrato degno di un'omega. "Poi c'è il Re di pietra..."

Emma rabbrividisce. "È inquietante".

Ingoio un ringhio. "Non era mio desiderio esporti davanti al consiglio. Ma era necessario. Aurus non avrebbe avuto pace finché non avesse avuto la possibilità di incontrare una vera omega. E il suo esercito è il più numeroso del nostro pianeta: di tutti i re, lui rappresenta la sfida più degna. Ma una vittoria su di lui avrebbe un costo troppo alto. Andrei in guerra per te, Emma, ma partecipare al consiglio era un compromesso più saggio. Meglio soddisfare la curiosità di Aurus che rischiare che tenti di rapirti".

Emma piagnucola.

"Non temere, piccola omega. Ora sanno che sei mia". Le faccio piegare la testa all'indietro, così da poter incontrare i suoi occhi. "L'unico re di cui ti devi preoccupare sono io".

"E il Re d'oro? Aurus".

"Aurus si considera il re supremo. Ha combattuto fin dalla più giovane età per conquistare la sua posizione come capo di tutti gli alfa nel regno di Aurum. Ma non ti toccherà. Mi assicurerò di fargli avere la prima omega".

Il suo odore divampa: le dolci nuance floreali, carbonizzate dall'angoscia, cedono il posto a note più amare. "Khan... non puoi. Non puoi prendere donne umane e darle a questi re".

"Non ho scelta. Le omega sono scomparse dalla mia specie. Solo raramente nascono alfa da accoppiamenti beta, e quasi mai omega. Ne abbiamo bisogno. Se il siero non funziona sulle ulfarri beta, le donne u-man sono la nostra unica speranza". Per provare a calmarla, la prendo per i capelli e comincio a grattarle il cuoio capelluto. "Abbiamo bisogno *di voi*". Soffoco le sue proteste con un bacio e la faccio rotolare sulla schiena per poi possederla di nuovo.

~

Emma

SE KHAN ERA POSSESSIVO PRIMA, figuriamoci adesso. Il tempo non ha più importanza: mi scopa finché non mi addormento. Mi sveglio con lui che mi lava e mi esorta a nutrirmi e a bere; poi, non appena ho mangiato, mi scopa di nuovo. La mia unica tregua è durante i momenti bui e senza sogni a metà del sonno. Troppe domande con risposte a metà mi tormentano.

E se Khan si sbaglia e uno dei re cerca davvero di rapirmi? Aurus, o il Re cacciatore o il Re di pietra? O uno degli altri, quelli rappresentati dalle sfere luminose? Non li ho visti, e per fortuna. Che aspetto ha un Re demone?

E se il siero non funziona sulle ulfarri, stanno progettando di portare delle femmine umane dalla Terra per trasformarle in compagne omega. Donne umane, come le mie sorelle, cugine, amiche... Tutte condannate a una vita qui su Ulfaria, ridotte a nient'altro che a macchine da riproduzione. Come me. E se l'esperimento beta fallisce – mi odio per aver sperato che questo non accada – e riescono a ottenere delle umane?

In qualche modo devo impedire che ciò accada. Ma come? Non so niente di questo pianeta. Dei maghi o del siero o dei portali. Il mio unico alleato è Khan, ed è più interessato a scoparmi. Mi sta sempre attaccato, anche per mangiare, dormire o fare il bagno. Facciamo tutto insieme. Mi porta con sé ovunque. Le sue fusa sconvolgono i miei pensieri.

Non ha lasciato che toccassi terra una sola volta durante tutta la riunione del consiglio e anche ora, mentre ci stiamo dirigendo verso il suo regno, mi tocca costantemente, con una mano possessiva sul mio braccio, o portandomi in braccio come se fossi una bambina piccola. È esasperante: sono un'adulta e sono in grado di camminare da sola. Nonostante non lo ammetta, sembra preoccupato che qualche altro alfa possa introdursi nella nave e rapirmi mentre lui è distratto.

Quel pensiero è il mio peggior incubo. Khan può essere enorme, terrificante e burbero, ma almeno ora mi è familiare. A tratti mostra anche un lato premuroso e tenero, il che è rassicurante. Non mi farà del male. Certo, il modo in cui mi scopa è brutale, animalesco e violento, ma dopotutto ho sempre preferito il sesso estremo. All'inizio, è stata la mia spropositata vena masochista a farmi interessare al BDSM.

Il che potrebbe anche spiegare perché mi bagno così tanto quando mi maltratta.

Qualunque sia l'effetto che questi strani ormoni hanno su di me, Khan sembra risentirne allo stesso modo. Anche se sono ancora ricoperta di sborra dall'ultima volta che abbiamo scopato, mentre amoreggiamo la sua gigantesca erezione penetra di nuovo nelle mie reni. La fica mi fa male per la brutalità del nostro sesso, ma anche per il bisogno. Abbiamo scopato praticamente durante l'intero viaggio dal regno di Aurus, ma il mio clitoride è teso e palpitante, e bramo di nuovo Khan. È solo questione di tempo prima che il suo odore diventi peccaminosamente buono e cioccolatoso, e non riesco a trattenermi dal girarmi e leccargli il collo.

Sono dipendente dal suo sapore. Odore. Tocco. Voce.

"Ecco", borbotta Khan. Sono mezza sveglia e lui mi sta avvolgendo in una coperta. Mi solleva e io mi arrendo. Khan mi porta ovunque: in bagno, al consiglio del re, poi di nuovo sulla sua nave, dove mi scopa all'infinito. La mia vita è così, adesso.

Lasciamo il fresco della nave, e una dolce umidità mi

colpisce il viso. Sta soffiando una brezza che mi scompiglia i capelli.

"Emma. Guarda".

Apro gli occhi, ancora assonnata per il dondolio e il calore della coperta in cui sono stata avvolta, sollevo la testa e mi guardo intorno.

"Questa è Altrim", dice Khan in tono burbero, con un'inconfondibile nota di orgoglio nella voce. "Il mio regno".

Siamo sospesi su una piattaforma grigia, in bilico sullo scenario più incredibile che abbia mai visto in vita mia, incluse le cartoline dei luoghi più belli della Terra: una distesa verde di fitta foresta si estende tra una costa e una catena montuosa; dolci colline e valli degradano verso picchi più alti delle Montagne Rocciose, con calotte bianche che si ergono al di sopra delle nuvole. Ci sono distese scintillanti di laghi e ruscelli ovunque, tutti di un incredibile turchese.

Stiamo sorvolando un enorme lago, sulle cui acque ferme si riflette l'ombra dell'aeronave. Ci sono ammassi scuri lungo la riva del lago: abitazioni di qualche tipo, immagino. La piattaforma vira verso l'alto, dirigendosi verso una montagna ricoperta di foreste. Cascate gigantesche precipitano da alcune scogliere rocciose, ma, mentre ci avviciniamo, mi rendo conto che non sono scogliere; sono piattaforme scolpite che sporgono dalla montagna, alcune fatte di roccia, così da fondersi con il granito naturale, altre di vetro, per riflettere il cielo.

"Il mio palazzo". Khan indica la montagna. Ci sono altre piattaforme rocciose che sporgono dalla scogliera ad angolazioni che sfidano la gravità. Il palazzo è costruito proprio nella montagna, strati e livelli di roccia levigata e vetro, alternati a una fitta vegetazione e a splendide cascate. Architettura in stile Frank Lloyd Wright, con un tocco alieno. Ci sono alcune cascate create da diversi strati di piattaforme.

L'acqua cade oltre il bordo di quella più alta e si infrange su una seconda piattaforma sottostante, poi su una terza, una quarta, una quinta, finché il lato della montagna non è coperto di cascate. C'è una dolce fragranza nell'aria. Una nebbia fresca si alza dalle cascate.

"È mozzafiato", mormoro. I soli stanno tramontando, lasciando pallide striature lilla nel cielo. La luce bassa rende luminosa la superficie dell'acqua.

"La mia casa. Anche la tua casa, adesso", dice Khan, stringendomi più forte.

Merda. Mi mordo il labbro, non volendo iniziare una discussione in questo momento, anche perché una fitta di paura mi attanaglia il cuore. E se non riuscissi davvero a tornare a casa?

Sono già emigrata in passato, dall'Inghilterra agli Stati Uniti. Ma c'è una bella differenza tra lo shock culturale che subisci passando da un piccolo paese di lingua inglese a uno più grande e quello che devi affrontare quando lasci la tua patria terrestre per una aliena. Non importa quanto sia bello questo pianeta. Il cielo è viola, cazzo! Un viola davvero carino, ma vabbè.

Più ci avviciniamo al palazzo di montagna, più l'orgoglio di Khan è evidente. È come se ci fosse un legame invisibile tra noi che mi consente di sentire ciò che prova lui. Ma, accanto ai suoi raggianti sentimenti di trionfo, stanno crescendo i miei sentimenti di trepidazione e preoccupazione.

Mentre ci avviciniamo alla parete della montagna, mi afferro a Khan. Un autista invisibile attracca la nostra nave sul bordo della piattaforma, proprio in bilico sopra le infinite cascate. Khan non mi ha ancora messa a terra, ma, per una volta, non sono risentita per il modo in cui prende il comando. Sono sollevata.

Non saprei proprio affrontare questa situazione da sola.

Sono troppo occupata a cercare di comprendere l'enormità di tutto quello che è successo e sono così esausta che, in questo momento, anche camminare mi sembra una fatica.

Se Khan vuole portarmi, lo lascerò fare.

Per ora.

14

KHAN

Emma è tranquilla tra le mie braccia mentre la porto nel mio palazzo. La nave ha attraccato temporaneamente per lasciarci sulla piattaforma che conduce alle mie stanze. L'equipaggio non si fermerà qui; tornerà al porto principale, e poi nello spazio, per andare a prendere degli ogsul per l'Obiettivo Omega.

Io ho cose più importanti di cui occuparmi. La mia omega ha bisogno di essere tranquillizzata e di venire degnamente accolta nella sua nuova casa.

I miei passi echeggiano mentre passo davanti all'acqua, che scorre nel suo canale. Lo schianto della cascata è più avanti. Immersi in una nebbia leggera, raggiungiamo il palazzo e, una volta entrati, veniamo avvolti dalla sua fresca oscurità.

Un gruppo di servitori ci aspetta per salutarci. Un mix di guerrieri beta e alfa. Emma non ci fa caso. Scuotendo bruscamente la testa, congedo tutti, tranne Calla. Di solito, la presenza di alfa non mi dava alcun fastidio.

Questo prima che andassi in calore.

Ora, con Emma tra le mie braccia, è tutto quello che posso fare per non mostrare i denti e ringhiare a ogni maschio che si avvicina a noi a meno di trenta metri. La riunione del Consiglio dei re è stata un inferno: cercavo di rimanere calmo abbastanza da poter avere una conversazione civile con Aurus, l'Imbecille d'oro, mentre reggevo la cosa più preziosa del mondo, il cui profumo eccitante mi fa uscire di testa e il cui fragile corpicino mi fa venir voglia di tenerla accoccolata contro il mio petto per sempre.

A meno che non me la stia scopando, ovviamente.

Gli occhi di Emma sono grandi e azzurri come laghi di montagna. Mi fermo per girare lentamente e farle vedere tutto.

"Ti piace?" le chiedo facendo le fusa.

"È davvero grandioso. Ma... diverso. Non come il palazzo di Aurus".

"No, non è niente del genere". La gelosia ruggisce nel mio petto. Lotto per evitare che le fusa si trasformino in un ringhio. "È quello ciò che preferisci? Oro e sfarzo? Un'eccessiva ostentazione di ricchezza?" Detesto quel palazzo, ma, se a Emma piace, sarei disposto a costruirne una copia per lei, due volte più grande di quello di Aurus, ovviamente.

Emma si incupisce. Cerco di mettere a tacere il mio dispiacere: sembra che lei possa sentire i miei sentimenti attraverso il nostro legame. "No. Non mi piaceva affatto".

Dentro di lei ribolle un tumulto, suscitato dai nostri sentimenti contrastanti: confusione, trepidazione, senso di oppressione. La mia povera omega sta cercando di adattarsi.

A pochi passi da noi, Calla aspetta con le mani giunte. Paziente e silenziosa. Vorrei presentargliela, ma prima voglio che Emma si senta a casa.

"Se hai delle domande, puoi farmele".

Si morde il labbro e indica una lampada a incandescenza in un angolo. "Quelle sfere sono come quelle del Consiglio dei re?" È curiosa della differenza tra le lampade a incandescenza e le sfere di comunicazione.

"Non proprio". La sposto tra le mie braccia, in modo che possa osservare la sfera, sospesa nell'aria. "Queste sono semplici luci. Quelle del Consiglio dei re erano dispositivi di comunicazione che ci collegavano ai re lontani. Non tutti, a differenza di me, si sentono a proprio agio su una nave. La maggior parte preferisce rimanere nei propri regni. Non si fidano di Aurus. E fanno bene". Pronuncio l'ultima frase a bassa voce.

"È come una magia". Alza una mano verso la sfera, poi vacilla. Invece di toccarla, si strofina la testa, mentre la sua angoscia pulsa nel legame.

Le afferro il mento, intanto che le fusa si fanno più intense. Fisso i suoi occhi spalancati, riversando dei sentimenti rilassanti nel legame. Sbatte le palpebre, le sue pupille si dilatano, mentre l'oscurità inghiotte l'azzurro delle iridi.

Presto non avrà più pensieri per la mente, ma ora lotta per non assopirsi.

"È per questo che li chiami maghi?" mormora, la fronte ancora corrugata. Ulf, è adorabile! "Praticano la magia?"

"La tecnologia magica, sì".

"Magia e tecnologia non sono certo la stessa cosa, sulla Terra..." Sospira. "Ho così tante domande".

"E io risponderò a tutte", prometto. "Ma, prima, vediamo di sistemarti". Mi giro verso Calla, ora ancora più impaziente di portare la mia omega nel suo nuovo nido, dove potrò di nuovo fare l'amore con lei.

∼

Emma

. . .

IL PALAZZO DI KHAN NON ASSOMIGLIA A NIENTE CHE ABBIA MAI VISTO. Tanto per cominciare, è costruito nel fianco di una montagna. E ci sono ruscelli che scorrono lungo le piattaforme e oltre il bordo, creando tutte quelle cascate. Lo scroscio e il fragore dell'acqua echeggiano nella smisurata camera in cui ora ci troviamo. Le imponenti mura sono un misto di pietra liscia e ruvida. Nonostante la sua grandezza, la stanza sembra un'enorme grotta, scavata nella montagna.

Le sfere luminose fanno un po' di luce, ma i miei occhi si stanno ancora adattando all'oscurità. All'inizio, non ho nemmeno notato la bella donna dalla pelle verde che, con indosso una tunica marrone scuro, sta nei pressi dell'entrata. Da quanto tempo è lì?

"Mio re". Fa un leggero inchino. "Benvenuti a casa. Abbiamo fatto come aveva detto. Gli alloggi sono pronti".

Per quanto io sia confusa e ansiosa, non mi sfugge il modo in cui il suo sguardo – freddo, valutativo, quasi giudicante – scivola su di me. Cosa le ha detto Khan di me? Quali erano le istruzioni, esattamente? *Porterò con me una donna riluttante. Costruiscile una bella prigione.*

Non volendo apparire intimidita, incontro gli occhi leggermente obliqui e color smeraldo della donna. È alta almeno un metro e ottanta ed è la prima donna ulfarri che vedo da vicino. Mi mordo il labbro e la fisso. La pelle è del verde pallido di un avocado maturo e il colore dei capelli ricorda la tinta scura e carica degli aghi di pino. Gli ulfarri sono disponibili in così tante sfumature e colori che la mia pelle pallida deve sembrare loro assai strana.

"Calla". La voce di Khan è piena di orgoglio. "Permettimi di presentarti la mia regina: Emma".

Chiudo gli occhi, con il viso accaldato al pensiero di fare una nuova conoscenza nel mio stato attuale: nuda, avvolta in nient'altro che una coperta, sporca e arruffata per il troppo sesso e coperta di sperma secco. "Piacere di cono-

118

scerti", dico con tutta la dignità che riesco a racimolare, cullata come sono tra le enormi braccia di Khan.

"Piacere mio, maestà", risponde Calla, facendo un altro lieve inchino. Quindi, rivolgendosi ancora una volta a Khan: "Vi accompagno nei suoi nuovi alloggi?"

"Sì. E fai portare qualcosa da bere e da mangiare".

Calla cammina con grazia soprannaturale, mentre l'orlo della sua tunica scivola sul pavimento come se sotto indossasse dei pattini. Incapace di affrontare qualsiasi altra cosa per il momento, seppellisco il viso nell'ampio petto di Khan, sperando in silenzio che inizi a fare le fusa per me. Potrei chiederglielo, ma il mio orgoglio non me lo permette. Cosa sono io? Una bambina che, per tranquillizzarsi, ha bisogno della ninna nanna?

Invece, inspiro il suo inebriante profumo, con quella particolare nota di caffè, e chiudo gli occhi, concentrandomi sul movimento dolce e ritmico che mi culla mentre lui mi trasporta.

È strano come mi sia abituata al modo in cui anche solo il suo odore fa bagnare e pulsare il mio nucleo. Troppo stanca per opporre resistenza, giaccio languida e arrendevole, rigirando tra le dita una ciocca setosa dei suoi capelli.

Alla fine, smettiamo di muoverci e sento Khan dire: "Molto bene. Perlomeno, un buon inizio. Porterai a Emma qualsiasi altra cosa di cui abbia bisogno nel momento in cui la chiederà. Istruisci gli altri affinché facciano lo stesso".

"Certo, mio re", mormora Calla. La sua voce è bassa, con un pizzico di riverenza. Deve essere una delle beta di cui ho sentito parlare alla riunione del consiglio. È bello sapere che qui non tutti sono degli alfa prepotenti.

Alzo la testa e mi guardo intorno, ma è buio pesto e ci vuole un attimo perché i miei occhi si adattino. La stanza è enorme, con soffitti alti, ma tutte le finestre sono coperte da tende fluenti e spesse. Nel fioco bagliore di alcune lampade sferiche, riesco a distinguere un letto enorme, oltre a un tavolo e delle sedie in un angolo e qualcosa che assomiglia a un divanetto in un altro. Non c'è quasi nessun mobile, ma quelli presenti sembrano sontuosi e confortevoli. Improvvisamente ho un disperato bisogno di ripulirmi e poi di dormire.

"Vuoi che ti metta giù, piccola?" mi chiede Khan.

"Sì, grazie". Una volta in piedi, mi avvolgo più stretta nel mantello. "Pensi che potrei avere qualcosa da indossare?"

Scuote la testa. "Non ancora. Dopo".

"Dopo cosa?" Spero che suggerirà un bagno, ma poi sento il cambiamento di tono quando dice a Calla di andarsene, e ho un colpo al cuore anche a causa della lunga scossa che arriva dritta al clitoride, togliendomi il respiro.

"E fa' attenzione che non ci interrompano", dice ancora alla serva, che si gira, fa un rapido cenno col capo e poi scompare attraverso una porta che prima non avevo nemmeno notato, in quanto nascosta da un drappo.

Neanche un attimo dopo, Khan mi prende di nuovo tra le braccia, e ora la sua lingua si sta intrecciando con la mia.

Per quanto sia stanca, sporca e confusa, sto già venendo prima che il suo palmo scivoli tra le mie cosce nude...

Khan

ABBIAMO SEGUITO CALLA NEGLI ALLOGGI CHE HO RITENUTO PIÙ ADATTI PER IL NOSTRO NIDO, che Emma realizzerà non appena avrà voglia di farlo. Le istruzioni fornite a Calla erano di renderli sontuosi ma con pochi abbellimenti. Emma sarà libera di scegliere da sola tutti i minimi dettagli

– colori, tessuti, oggetti d'arte – quando vorrà iniziare a rendere accogliente l'ambiente.

Non vedo davvero l'ora che arrivi quel momento. Voglio che qui nel mio – nostro – palazzo si senta abbastanza a suo agio da iniziare a costruire una casa non solo per sé, ma anche per la nostra prole.

E prima il mio seme potrà attecchire, prima questo accadrà.

Da quando ho congedato Calla, il mio uccello scalpita, pulsando per il bisogno di penetrare nuovamente Emma. L'ho posseduta così tante volte che sono dolorante, al punto che, anche se produce veri e propri fiumi di liquido per facilitare il mio passaggio, l'attrito esercitato dalle pareti della sua fica stretta ora mi crea un ulteriore disagio.

Non per questo mi fermo.

Niente potrà fermarmi.

Quando spingo in profondità dentro di lei, il piacere supera comunque il dolore vivo e formicolante sulla pelle del mio cazzo.

Quindi, appena Calla è andata via, ho preso la mia piccola omega, le ho fatto inclinare il dolce viso all'indietro e ho infilato la lingua in profondità nella sua bocca. Mi bacia a sua volta, affamata, miagolando, e il profumo della sua eccitazione è così denso che posso davvero assaporarlo.

Ho scoperto che Emma ama così tanto baciare che, spesso, questo è sufficiente per portarla al limite; e infatti, non appena faccio scivolare la mano tra le sue cosce per cercare la sua nocciolina dura e accarezzarla delicatamente, lei emette un lungo, tremante sussulto, si irrigidisce e riversa i suoi umori sul mio palmo.

Gustandomi i suoi gemiti, continuo a strofinare, facendo fuoriuscire altro liquido dal suo nucleo, improvvisamente bramoso di farle raggiungere l'orgasmo. Per vedere per quanto tempo posso prolungarlo.

Tutto il suo corpo sta tremando, ma io non le do pace; traccio piccoli cerchi, lenti e ritmici, intorno al suo clitoride saltellante, muovendo le mie labbra sulle sue all'unisono con la punta del dito, tenendola su con l'altro braccio mentre viene e viene e la sua deliziosa, fradicia fica si contrae più e più volte.

Alla fine, i suoi sussulti di piacere diventano suppliche per indurmi a fermarmi. Il suo borbottio incoerente non mi fa smettere di baciarla. So cosa sta dicendo, anche se lei stessa non ne è consapevole: mi sta pregando di smettere di accarezzarla; di desistere dal continuare ad estrarre questo orgasmo dalla sua fica pulsante.

Mi sento potente, intoccabile, orgoglioso. Non so se sia normale che gli alfa si sentano in questo modo quando danno piacere alle loro omega o se sono solo io, ma qualcosa nel modo in cui Emma si comporta quando la tocco alimenta la mia parte dominante e mi fa sentire come se potessi scalare montagne e conquistare qualsiasi cosa. È inebriante ed esaltante, e piegare il suo corpo alla mia volontà è meglio che uccidere centinaia di nemici in combattimento o esplorare nuovi pianeti.

Sono dipendente.

Sta dimenando i fianchi, ora, cercando di sfuggire alla punta del mio dito che la accarezza inesorabilmente; allora le premo l'altra mano sul culo rotondo e grassoccio, tenendola ben ferma al suo posto.

Emma non sfuggirà a quello che le sto facendo.

Sto annegando nel sapore, nella morbidezza e nel profumo di lei. È così bagnata che riesco a sentire l'inconfondibile rumore delle mie dita che scivolano sul suo sesso.

È incredibile, ma sta ancora venendo. Non ho mai conosciuto una femmina così facile da far godere o così avida di piacere, e mi chiedo pigramente se il siero degli ogsul abbia qualcosa a che fare con questo.

Se è così, gli altri re alfa avranno una sorpresa.

Tuttavia, devono aspettare il loro turno. Aspettare di vedere se il siero funzionerà sulle femmine ulfarri beta o se dovremo importare altre u-man dalla Terra.

Io, invece, non devo aspettare.

Il mio membro è rigido come il piccolo clitoride di Emma e pulsa così forte che fa male. In qualche modo, il suo piacere è strettamente legato al mio – come sembrano esserlo le nostre altre emozioni – e il suo orgasmo senza fine fa sì che i miei testicoli si stringano e che onde di piacere si irradino al mio inguine, diffondendosi poi per tutto il corpo.

Senza nemmeno toccarmi, ci sono vicino.

Emma grida – non so se per il sollievo o per il piacere – quando la sollevo facilmente e la impalo sulla mia lunghezza con un unico movimento.

La presa costante e ritmica del suo stretto calore intorno al mio cazzo è quasi sufficiente a mandarmi oltre il limite e io la faccio rimbalzare sulla mia asta – una, due, tre volte – con spinte ferme e per tutta la lunghezza, prima che si formi il nodo e io venga con un ruggito, mentre la spingo giù su di me intanto che mi muovo su dentro di lei.

È avviluppata alle mie braccia, bloccata in questa posizione quando sento il mio uccello sobbalzare nella sua fica liscia e schizzare dentro di lei un seme denso e caldo ad ogni pulsazione colma di piacere. Malgrado il nodo, posso sentire il mio sperma che fuoriesce da lei, per poi colarmi sui testicoli e sulle cosce e gocciolare sul pavimento, e ciononostante continuo a schizzarle dentro, mentre la forza del mio orgasmo mi fa tremare le ginocchia.

Seppellendo il mio viso tra i suoi capelli setosi e dorati, inspiro il suo caldo profumo di miele, mescolato agli aromi inconfondibili della nostra eccitazione combinata, meravigliandomi di quanto piccola e fragile sembri tra le mie braccia e di quanto vigorosamente, nonostante la sua delicatezza, io possa copulare con lei.

Ucciderei per lei.

Morirei per lei.

Una cosa è chiara: non mi sono mai sentito così con nessuna, prima d'ora. E ringrazio Ulf per aver portato Emma nella mia vita.

15

EMMA

Gli ultimi giorni sono stati un po' caotici. Da quando sono arrivata ad Altrim, il regno di Khan, mi sono sentita una prigioniera, anche se viziata e amata. La mia vita sembra consistere in nient'altro che mangiare, dormire e farmi scopare in ogni maniera fino alla domenica. Quindi non mi sorprende di certo che sia irrequieta, dolorante e demotivata.

Immagino che Khan stia cercando di prendersi cura di me nel suo modo burbero, ma continuo a provare risentimento per come lo fa. Sono stata sollevata nello scoprire che il cibo qui su Ulfaria è diverso da quello che mi è stato servito sull'astronave, ma il sapore, l'odore e la consistenza di tutto ciò che ho provato finora erano strani; quindi non sto mangiando tanto quanto probabilmente dovrei, specialmente se consideriamo le calorie bruciate durante il sesso.

E gli orgasmi.

Non c'è una sola parte del mio corpo che non mi faccia male. Eppure, anche se la fica è infiammata e il clitoride mi duole al minimo tocco, mi ritrovo lo stesso a desiderare Khan. A sottomettermi a lui, quando mi cerca. A venire in maniera intensa e incontrollabile grazie alle sue dita, la sua bocca e il suo uccello. E ad arrendermi al profondo senso di pace che mi pervade quando fa le fusa.

Deve essere dovuto al siero, ma è come una dipendenza. Lo voglio, anche se so che non dovrei.

Il secondo o il terzo giorno dopo il nostro arrivo a palazzo, mi sono armata di coraggio e sono andata a esplorare la mia nuova casa. È stato allora che ho notato per la prima volta le straordinarie opere d'arte che ne adornano le pareti.

Da quello che ho visto finora, parte della tecnologia di Ulfaria è molto più avanzata della nostra sulla Terra, mentre parte sembra ancora un po' primitiva, al confronto; i dipinti, però, sono diversi da qualsiasi cosa abbia mai immaginato nei miei sogni più sfrenati.

Si muovono.

Le immagini si *muovono*, letteralmente. L'acqua precipita giù dalle cascate. I laghi si increspano. Le nuvole fluttuano nel cielo. I fiori fioriscono. Non so se i ritratti di persone reali facciano la stessa cosa, dato che finora non ne ho visti, ma ho intenzione di scoprirlo. E oggi è il giorno in cui potrò farlo.

Amo disegnare sin da quando ero piccola. In un certo senso, sono state la passione per la pittura e la creatività a spingermi verso la pubblicità. Incapace di guadagnarmi da vivere solo con l'arte e alla disperata ricerca di una lavoro stabile, ho deciso di dedicarmi al design e alla fotografia. Dopo aver conseguito la laurea in arte, ho iniziato in un'agenzia pubblicitaria piuttosto piccola, a Londra, e ho lavorato lì finché non ho potuto creare un portfolio decente. Dopodiché, ho deciso di trasferirmi e di attraversare l'oceano.

Quando l'agenzia di Richmond mi ha assunta, è stato un sogno diventato realtà. Non solo avrei ottenuto un visto di lavoro per gli Stati Uniti, ma allo stesso tempo avrei potuto anche allontanarmi dalla mia famiglia. Due piccioni con una fava. Il design grafico è molto di più che spargere vernice su una tela, ma ho scoperto di avere un talento anche per questo; lo stipendio era buono e andavo d'accordo con i colleghi, specialmente con Susan che, ho poi scoperto, pratica anche il sesso *kinky*.

Sento una fitta allo stomaco quando ripenso alla mia vita a casa; così mi passo le dita tra i capelli ancora umidi, raddrizzo le spalle e caccio via quei pensieri. Visto l'entusiasmo suscitato in me dai quadri viventi, Khan si è offerto di invitare un'artista perché mi mostri come realizzarli. Verrà oggi. E ne sarei super entusiasta anche se non desiderassi disperatamente che accadesse qualcos'altro per spezzare la monotonia della mia esistenza attuale.

Laghi increspati? Stelle scintillanti? Mi sono avvicinata così tanto ai dipinti che ci ho sbattuto il naso, senza ancora riuscire a capire come facessero a muoversi o quale materiale fosse stato usato per crearli. Sicuramente non si tratta di acquerello, acrilico, olio o qualsiasi altra tecnica, comunemente utilizzata, di cui abbia mai sentito parlare.

Ora sto camminando in quella che Khan chiama "la sala d'accoglienza", guardando alternativamente l'ingresso gigante e l'incredibile immagine di un fiume che scende a cascata lungo il fianco di una montagna.

"Maestà?" Uno dei servitori beta mi chiama dall'altra parte della stanza. "La sua ospite è arrivata".

"Per favore, falla entrare".

Non credo che mi abituerò mai ad avere dei servitori. Ricordo vagamente che c'erano dei soldati quando siamo arrivati al palazzo, ma da quel primo giorno non ho visto un solo maschio, servitore o soldato, sia beta che alfa. Khan è follemente possessivo. Non so se non si fidi di me con gli altri ragazzi o se non si fidi di loro con me, ma il risultato finale è lo stesso: sono circondata da serve Ulfarri beta.

Questa, Lilla, è giovane e carina, con la pelle rosa pastello e i capelli color malva. Introduce quella che presumo sia l'artista – un'altra donna, ovviamente – che indossa lo stesso tipo di tunica che indossano tutte le beta. Ho imparato rapidamente che le tuniche sono di colore diverso, a seconda dei ruoli che i beta rivestono nella società.

Quella dell'artista è di un profondo arancione tramonto.

"Maestà", continua Lilla, "lei è Deva".

Deva sta trascinando una grossa borsa, che posa accanto a sé. Sembra essere all'incirca di mezza età, con grandi occhi marrone scuro, pelle color bronzo e capelli rosso ruggine. I segni che ha sulle mani e sul viso sono come vortici di caramello. "Maestà", dice.

"Emma", la correggo. "Per favore".

"Emma". Deva lancia un'occhiata nervosa a Lilla, come se non volesse rivolgersi a me in modo informale. Se potessi fare a modo mio, mi chiamerebbero tutti per nome, ma Khan non vuole. Dice che sono la sua regina e che devo essere trattata come tale. I miei desideri, a quanto pare, non contano a tal riguardo.

"Vuoi qualcosa da bere o da mangiare?" le chiedo.

Deva scuote la testa.

"Grazie, Lilla. Puoi andare".

Segue una pausa imbarazzante mentre la serva se ne va. Tutte le femmine beta scivolano, invece di camminare: hanno una grazia intrinseca. Mi chiedo se siano nate con essa o se l'abbiano appresa da qualche parte.

"Benvenuta, Deva. Piacere di conoscerti". Sto per allungare la mano e poi ricordo che qui fanno le cose in modo diverso. Nessuna stretta di mano su Ulfaria.

"È un onore essere stata invitata. Ho sentito che si interessa di arte".

"Sì, è vero! In particolare, vorrei sapere come realizzare

questo tipo di quadri". Faccio cenno a quello che raffigura il fiume. È enorme; occupa un terzo del muro.

Si forma una piccola ruga tra le sopracciglia di Deva. "Vuole dipingerli lei stessa?"

"Sì".

Segue una pausa. "È richiesta una certa... abilità. Ci vogliono molti anni di pratica. Non tutti sono nati con questa capacità".

Hmm. Mi chiedo se stia cercando di dirmi che non tutti hanno talento artistico o che non tutti sono in grado di utilizzare la tecnica che fa muovere le immagini. So di avere il primo... "Che tipo di vernice usi?"

Esita come se si stesse chiedendo se dire qualcosa; poi si china e fruga nella sua borsa grande. Tirato fuori un vasetto, me lo porge.

L'avvicino al viso e lo esamino. È un barattolo che contiene una sostanza di un intenso color verde acqua. Il coperchio sembra a tenuta stagna. Quando inclino il barattolo, il contenuto si muove lentamente; quindi è liquido, ma è denso. Brilla alla luce. "E come si applica?"

Rovista ancora, poi mi porge uno strumento che sembra un incrocio tra un pennello e una piuma. Il manico è lungo e affusolato, come quello di un normale pennello, ma da vicino le setole sembrano piuttosto delle piccole piume. Sono così morbide al tatto che mi chiedo come farò a sapere se starò usando la giusta quantità di pressione.

Forse sto per imparare a dipingere di nuovo.

"Questo", sollevo il barattolo, "è ciò che fa muovere l'immagine?"

"No". Deva scuote la testa. "Per quello, serve la polvere magica".

"Ne hai un po' qui?"

Si china di nuovo verso la borsa e tira fuori un altro barattolo. Non so cosa mi aspettassi, ma la polvere in questo barattolo sembra farina macinata molto finemente. Niente scintille magiche, o anche solo un leggero luccichio. Che delusione! Mi aspettavo chissà che cosa. "Questa farina è ciò che fa muovere il dipinto?" chiedo ancora, per averne la conferma.

"Sì. Ma solo chi ha il dono può far sì che accada".

"Il dono?"

Lei annuisce. "Come le ho detto, ci vogliono molti anni per imparare".

Ancora una volta mi chiedo se si riferisca alla pittura o al movimento. Immagino che dovrò solo aspettare e vedere. "Pensi di potermi insegnare?"

"Posso provarci". Tirata su la borsa, scivola verso l'enorme tavolo che ho appositamente sparecchiato e inizia a disporre le cose. Riconosco tavolozze, altri pennelli di diverse dimensioni, ma tutti con le strane punte piumate, e diversi barattoli contenenti tinte nei colori più belli. Deva dispone quindi due fogli di tela, uno a ciascuna estremità del tavolo. "Maestà..."

"Emma", la correggo automaticamente.

"Emma. Non posso prometterle nulla. Sua Maestà sarà molto dispiaciuto se io..."

"Per favore, non preoccuparti di Khan", la interrompo di nuovo. "Tutto quello che ti chiedo è che mi mostri come fare. Tutto ciò che produrrò – o che non sarò in grado di produrre – non dipenderà da te. Non sarai ritenuta responsabile".

Il rilassamento delle sue spalle è visibile. "Grazie, Mae-Emma".

Mentre vado a mettermi di fronte a una delle tele, la distesa biancastra mi chiama, così come i colori ricchi dei barattoli di vernice. L'intero scenario accende qualcosa nel profondo della mia pancia. Entusiasmo. Speranza. Possibilità. Lancio un'occhiata al dipinto sul muro, al luccichio del

130

fiume mentre scorre giù per la montagna, e mi colpisce quanto questo mi sia mancato. Sebbene mi sia piaciuto lavorare nella pubblicità, niente di quello che ho fatto lì mi ha mai dato le stesse emozioni che provavo davanti a una tela bianca, sapendo che stavo per creare. Per fare arte.

Prendo uno dei pennelli e ne tocco con attenzione la punta, cercando di farmi un'idea più chiara della sua composizione. Deva, intanto, è andata a mettersi davanti all'altra tela. La osservo mentre sistema tutto e copio i suoi movimenti mentre prepara pennelli, colori e quella che sembra essere una gigantesca spugna nera.

"A cosa serve quella?"

"Per pulire i pennelli. Ti faccio vedere". Si gira per guardare fuori dall'enorme finestra, che va dal pavimento al soffitto e che ci offre una vista panoramica di Altrim. "Così tanta ispirazione!"

"È bellissimo". A volte, mi sento ancora come se fossi in un sogno, quando mi sveglio e vedo l'acqua che sgorga, le strane piattaforme sospese che la sfiorano e che vengono utilizzate per viaggiare, l'architettura folle. L'istinto che ora avverto di catturare tutto su una tela non dovrebbe sorprendermi.

Guardo Deva mentre aggiunge piccole quantità di colore su una tavolozza; poi prende un pennello. A quanto sembra, la consistenza di questi colori è simile a quella dei colori ad olio che usiamo a casa. Ho iniziato ad aggiungerne alcuni alla mia tavolozza. So esattamente cosa voglio dipingere. Mi terrò sul semplice, per iniziare, almeno finché non avrò imparato a lavorare con questi nuovi strumenti.

Deva sembra già essere in zona, in quello strano stato di flusso cui a volte accedono i creativi, quando lavorano. Ho una sfilza di domande da porle, ma non voglio interromperla. Irradia un'aria di calma efficienza e già mi piace. Avendo incontrato parecchie donne ulfarri da quando sono arrivata qui, sono sollevata di non essere completamente circondata da prepotenti alfa.

Uno, a quanto pare, è abbastanza per me.

Mettendo da parte i pensieri su Khan, prendo un respiro profondo, assaporando la leggera eccitazione che provo allorché prendo un pennello e ne faccio ruotare la punta nella tinta azzurra, come ho visto fare a Deva.

Sulla Terra, la pittura era una via di fuga per me, una delle poche cose che potevo fare per tranquillizzarmi. Mi faceva smettere di pensare troppo. Ora, mi rendo conto che sto sperando che, qui ad Altrim, dipingere avrà lo stesso effetto.

Dio sa quanto mi farebbe bene prendermi una breve vacanza dalla mia testa, in questo momento. Passo così tanto tempo a preoccuparmi del futuro, dei miei sentimenti conflittuali per Khan, della loro intenzione di prelevare e schiavizzare le donne umane, per non parlare del mio rapimento e della mia vendita come schiava su un pianeta alieno.

Sto solo pregando che il perdermi nel processo creativo mi aiuti così come faceva un tempo.

La sensazione del pennello che scorre sulla tela è meravigliosa. Incredibilmente, i pigmenti della vernice diventano ancora più vividi e ricchi, mentre li applico. Il colore è così bello che fa quasi male a guardarlo.

Alzando lo sguardo, vedo che Deva pulisce il suo pennello facendolo roteare sulla spugna nera, e faccio la stessa cosa con il mio. Funziona! Non c'è più traccia di azzurro sulla punta ed è completamente asciutto.

Stupendo.

Mi batte forte il polso, intingo il pennello in un po' di vernice bianca e mi metto al lavoro...

132

16

EMMA

Ho perso la cognizione del tempo. Tutto ha cessato di esistere, tranne il modo in cui la tela tratteneva questi incredibili colori, mentre la punta del mio pennello turbinava e ne accarezzava la superficie... finché non ho fatto un passo indietro e ho ammirato la mia opera.

"Hai talento".

Sussulto alla voce improvvisa accanto a me. Mi ero persino scordata che Deva fosse lì. Insieme, osserviamo ciò che ho dipinto: lo stagno in fondo al giardino di mia nonna. La casa dei miei ricordi d'infanzia più lieti. L'ho dipinto a memoria, ma solo ora, guardandolo, sento un'improvvisa fitta di nostalgia.

"Grazie", dico, ricordandomi che Deva mi ha appena rivolto un complimento. Guardo dall'altra parte del tavolo per vedere cosa ha dipinto. È una splendida riproduzione di tre lune, rigorosamente viola, sullo sfondo di un cielo nero come la mezzanotte e costellato di stelle. Difficile dire se qui sia più bello il cielo diurno o notturno: Ulfaria ha tre lune e cinque soli. Gli astronomi della Terra passerebbero una giornata campale se dovessero osservarli tutti. "Il suo quadro è stupendo".

Deva aspetta finché non la guardo negli occhi, poi mi fa l'occhiolino. "Pronta per la magia?"

Un'altra ondata di eccitazione mi toglie il respiro. Ero così persa nei miei ricordi, che mi ero dimenticata di quel passaggio. "Li faremo muovere?"

"Sì". Prende il barattolo contenente la "farina" finemente macinata, svita il coperchio e scivola di nuovo accanto al proprio dipinto. "Stia a guardare". Ci sono dei piccoli fori sulla parte superiore del barattolo – come quelli sui dispenser di spezie utilizzati sulla Terra – e lei lo scuote sopra alla sua tela. La polvere è così fine che riesco a malapena a vederla mentre viene sparsa sul dipinto. "Adesso aspettiamo".

"Per quanto tempo?" Sono impaziente come un bambino la mattina di Natale.

"Non molto".

Mi unisco a lei e osservo attentamente il suo quadro. Mi rendo conto che sto trattenendo il respiro.

"Ecco". Fa un piccolo sospiro. "Lo vede?"

All'inizio pensavo che avesse semplicemente dipinto le stelle con tale maestria che sembrava stessero scintillando, ma ora mi rendo conto che hanno davvero cominciato a brillare. È un effetto quasi impercettibile ma così impressionante.

Mi strofino le braccia, su cui è improvvisamente apparsa la pelle d'oca. "È incredibile!"

"Vuole farlo con il suo?"

"Sì, grazie". Ci spostiamo dall'altra parte del tavolo finché non ci troviamo davanti alla mia tela. "Posso farlo io o devi farlo tu?"

"Ci può provare". Deva alza le spalle. "Potrebbe funzionare".

134

Prendo il barattolo di polvere da lei e lo annuso con cautela. Non ha alcun odore. "Lo cospargo sopra e basta?"

"Sì. Come ho fatto io".

Ancora una volta, non riesco a vedere la polvere scendere giù dal barattolo o atterrare sulla tinta, ma scuoto delicatamente il barattolo finché non sono sicura che ogni centimetro del mio quadro sia stato coperto. Poi trattengo il respiro.

Voglio che lo stagno si increspi e che le foglie della vecchia quercia su cui mi divertivo tanto ad arrampicarmi da bambina si muovano. Mi chiedo come faccia la polvere a sapere quali parti dell'immagine animare.

"Devo fare qualcos'altro?"

"Niente di niente".

Sto trattenendo di nuovo il respiro, ed espiro lentamente e con cautela. Non può essere così facile. Non funzionerà. Deva è sicuramente una specie di strega; dopotutto ha detto che occorrono anni di pratica.

"Mae... Emma! Vede? Sta funzionando!"

In effetti, la superficie del laghetto si sta increspando dolcemente, come accarezzata da una leggera brezza. Fisso le foglie che ho disegnato con così tanto impegno sull'albero, desiderando che fruscino.

Quando lo fanno, emetto un grido di gioia, spaventando Deva.

"Funziona! Guarda! Si sta muovendo!"

"Ha davvero un grande talento", afferma Deva. "Come ho detto, di solito bisogna studiare per anni..."

"La mia Emma è speciale". Khan fa scivolare le sue braccia intorno a me da dietro, strofinandomi il naso sul collo.

"Guarda!" Sto praticamente rimbalzando nel suo abbraccio. Non riesco a staccare gli occhi dal mio dipinto. "Guarda!"

"La Terra?" chiede lui.

"Sì. Il giardino dei miei nonni".

"Nonni?" Avverto la perplessità nella sua voce. Non hanno i nonni su Ulfaria? Mi rendo conto ancora una volta di quanto poco sappia di questo pianeta e dei suoi abitanti.

"I genitori di mia madre", chiarisco.

"Ah".

Lacrime improvvise mi velano gli occhi e sbatto le palpebre furiosamente, cercando di farle andare via. L'umore tranquillo e calmo di quando dipingevo è scomparso, lasciando di nuovo spazio a tutte le mie preoccupazioni. La grande mano di Khan scivola sulla mia pancia, per poi premermi tra le gambe. Soffoco un gemito mentre avvampo in volto. Deve proprio farlo davanti a Deva?

"Lasciaci", ordina all'artista, come se mi leggesse nel pensiero.

"No", dico, contraddicendo il suo ordine.

Deva, che aveva già iniziato a impacchettare il suo materiale, si blocca. Ci fissa entrambi con occhi enormi. Sento un'ondata di pietà. Le braccia di Khan si sono irrigidite intorno a me. È arrabbiato. Riesco a percepire il suo intimo brontolio attraverso il legame.

"Voglio dire, potresti lasciare qui quelle cose?" Cambio tattica. "Così più tardi potrò dipingere ancora un po'".

Deva fa un piccolo inchino. "Certo, maestà". Dato che Khan è qui, non correggo il suo uso del termine. "Avrà bisogno di altre tele".

"Farò in modo che la mia regina abbia tutto ciò di cui ha bisogno", dice Khan. "Calla ti rimborserà per il tuo materiale. Ora vai".

"Grazie mille..." comincio, ma Deva scivola veloce fuori dalla stanza come se fosse inseguita da dei calabroni. "Khan. Perché l'hai mandata via?" *Mi stavo finalmente divertendo*, vorrei aggiungere, ma mi trattengo.

136

"Sono passate ore dall'ultima volta che ti ho visto". La voce di Khan rimbomba nel suo petto, contro la mia schiena, e io inspiro l'intenso profumo al cioccolato, con le sue note speziate e legnose. "Mi sei mancata".

Stringe la presa sul mio sesso attraverso le mie vesti di seta e io sussulto, sentendo quel fiotto familiare che il suo tocco fa sempre fuoriuscire dalla mia fica. Poi fa scivolare l'ampio palmo verso l'alto finché non si posa sul mio basso ventre. Voglio gemere di delusione.

"Non vedo l'ora che tu porti in grembo il mio erede", dice con voce roca. "Forse il mio seme ha già attecchito".

La mia felicità per il dipinto e l'improvviso impeto di desiderio evaporano come volute di fumo nel vento. "Forse", dico.

Spero che non riesca a percepire l'angoscia nella mia voce.

Khan

STO INIZIANDO A RENDERMI CONTO CHE, quando si trova un compagno, all'inizio è tutto rose e fiori; è quello che viene dopo che è difficile. Trascorro molto del mio tempo in confusione. Per quanto io desideri Emma, per quanto il mio corpo brami di starle vicino, dentro di lei, attaccato a lei, a volte mi infurio anche, a causa sua. E resto perplesso. Tutte le femmine sono come lei? O solo quelle u-man? Oppure solo *questa* è così?

Il fatto di vivere, e condividere il mio palazzo, con Emma mi sta proprio facendo capire che ho passato troppo poco tempo con le femmine. Certo, ho tratto piacere da molte, ma ho sempre battuto in una rapida ritirata dopo quegli intermezzi. E sono sempre stato circondato da femmine ulfarri beta, però loro erano lì per servirmi nella mia vita quotidiana. Emma si comporta come una mia pari, almeno la maggior parte del tempo.

E non vorrei si comportasse in alcun altro modo.

È buffo quanto fossi orgoglioso quando mi ha affrontato per la prima volta. I primi due giorni dopo il suo arrivo ad Altrim, era come stordita, cosa che posso comprendere. È stata costretta ad affrontare così tanti cambiamenti: un mondo completamente nuovo, letteralmente, per non parlare dello scotto che il suo corpo deve pagare per l'estro. Trovo che il calore metta a dura prova anche me, che pure non devo abituarmi a una situazione di vita completamente nuova.

Ma ora, dal momento che è qui da un po', e soprattutto dal momento che ha riscoperto la passione per la pittura, è più esplicita riguardo alle cose che le piacciono, e soprattutto a quelle che non le piacciono. Sembra meno intimidita da me, il che è un enorme sollievo. Non voglio che la mia compagna abbia timore di me. Voglio che mi desideri e mi ami.

Alle femmine ulfarri viene insegnato ad essere aggraziate e tranquille e che i maschi alfa sono superiori a loro sotto tutti gli aspetti.

Emma ha momenti in cui si comporta quasi esattamente in quel modo.

Ha anche momenti in cui non lo fa.

Tuttavia, non riesco ad essere arrabbiato con lei. È così giocosa nella sua disobbedienza, e una parte di me si diverte a litigare con lei.

In ogni caso, sappiamo entrambi chi vincerà, alla fine.

Ero impreparato all'orgoglio che ho provato quando ho visto quanto è talentuosa nel dipingere. All'inizio avevo chiamato Deva per assecondarla: Emma era ancora silenziosa e sembrava triste, e i dipinti del palazzo erano una delle poche cose che sembravano suscitare il suo interesse.

Non mi sarei mai aspettato che la mia piccola omega fosse in grado di creare un'opera d'arte così straordinaria.

Anche Deva era sorpresa. Gli artisti beta trascorrono anni a coltivare il proprio talento. Ho avuto l'impressione che Deva fosse un po' infastidita dalla velocità di apprendimento della sua nuova allieva, ma poi Emma mi ha detto che era un'artista, sulla Terra, e che aveva anche seguito un lungo percorso di studi.

Solo che lì usano materiali diversi. E, a quanto pare, i loro quadri non si muovono.

Emma ora è determinata a dipingere le persone. Gli ulfarri dipingono qualsiasi cosa: cibo, paesaggi, forme astratte, ma si sono sempre astenuti dal ritrarre persone o animali. Esiste una superstizione secondo cui animare le forme di vita con la polvere magica è di cattivo auspicio: in questo caso, infondere vita equivale a causare la morte nel mondo reale.

La mia piccola omega è determinata a dimostrare che tutti si sbagliano. Se riuscirà a fare a modo suo, dopo anni di superstizione si verificherà un vero e proprio capovolgimento. Deva è inorridita, come lo sono tutte le altre cui racconta di questo piano. Ma Emma è testarda e non si farà scoraggiare.

Io la sostengo, perché mi piace assecondarla ove possibile, ma ho anche posto dei limiti quando mi ha chiesto se poteva dipingermi. Dopotutto, se si fosse sbagliata?

Le ho ordinato di esercitarsi prima su altre creature: insetti, magari, "O il Re di Pietra", ha proposto, facendomi sorridere. Ha provato un'antipatia immediata per lui, il che mi ha solo confermato quanto siamo compatibili. Neanche a me è mai piaciuto.

Il ritratto che ne ha fatto era fantastico; la somiglianza

139

con l'originale era così perfetta che ho trovato il dipinto inquietante come la reale presenza del re. Dopo aver cosparso la tela con la polvere magica, entrambi abbiamo trattenuto il respiro e atteso; poi, come previsto, i suoi occhi hanno davvero cominciato a brillare leggermente nell'ombra scura del cappuccio.

Emma ha emesso un lieve sussulto. "È davvero sconvolgente", ha detto, avvicinandosi a me. Non credo abbia notato che cerca la mia vicinanza ogni volta che si sente a disagio, ma io sì.

In ogni caso, il Re di pietra è ancora vivo – con nostra grande delusione – e Deva è stata costretta ad ammettere che forse la superstizione che impediva agli ulfarri di dipingere creature viventi era davvero una superstizione infondata.

Questa ammissione è stata subito seguita dalla gioia al pensiero che lei e altri artisti ora possono dipingere animali e ulfarri a loro piacimento.

È qui da così poco tempo e già la mia Emma sta cambiando il pianeta.

Guardo dall'altra parte del tavolo, ammirando la piccola omega che è diventata così rapidamente tutto il mio mondo. È talmente bella, con i capelli dorati che le cadono sulle spalle, la luce delle sfere che fa brillare la sua pelle di un rosa pallido. Indossa un abito tradizionale ulfarri che mette in risalto i suoi seni rotondi e deliziosi.

Anche se non sono più in calore, il mio uccello si irrigidisce mentre la immagino nuda. È la mia immaginazione o i suoi seni sono più pieni di prima? È troppo presto perché sia incinta?

Al pensiero della sua pancia che cresce, gonfia del mio seme, mi si stringe il petto. Non ho mai saputo cosa fosse il desiderio prima che questa u-man entrasse nella mia vita.

140

"Puoi passarmi la brocca?" le chiedo, avendo bisogno di bagnarmi la gola, improvvisamente secca.

Lei mi guarda, con la forchetta ferma a mezz'aria. La mia Emma è un po' schizzinosa; finora nessuno dei nostri piatti è stato davvero di suo gradimento, motivo per cui ho ordinato alla cuoca reale di eseguire tutte le ricette possibili. Avevo persino chiesto a Emma di mostrarle il procedimento di un piatto terrestre, così da permetterle di gustare di nuovo i sapori di casa sua, ma, dato che gli ingredienti utilizzati erano troppo diversi, il risultato finale è stato deludente.

"La brocca?" ripete Emma, anche se so benissimo che ha sentito.

Trattengo un sospiro. È di cattivo umore. Percepisco le vibrazioni negative attraverso il nostro legame: l'intenzione di sfidarmi e qualcos'altro. Collera? O è frustrazione? "Sì. Ho sete".

Punta i suoi enormi occhi azzurro cielo sui miei mentre alza la mano libera e lentamente, deliberatamente, senza mai interrompere il contatto visivo, allontana ancora di più la brocca da me.

Le lancio un ringhio di avvertimento: "Emma".

"Sì?" Si finge innocente.

"Non te lo chiederò più: la brocca. Ora". "No!" Ringhio alla serva che ha già cominciato a scivolare in avanti. Si ritrae nell'ombra.

"Hai sete?" chiede Emma. Non si è ancora mossa. La forchetta è ancora sospesa a mezz'aria. "Vuoi qualcosa da bere?"

A che gioco sta giocando? Serro le dita sulle cosce. Normalmente, non tollererei tale insolenza da parte di una donna, ma Emma è la mia compagna. La mia regina. La sua felicità è la mia felicità. Sono determinato a scoprire la causa di questo strano comportamento prima di stroncarlo sul nascere. "Sì. Sì", rispondo, costringendo la mia voce a rimanere bassa e calma.

"Be', *io voglio* un cappuccino. Voglio chiamare la mia famiglia. Voglio andare a casa. Voglio così tante cose che non avrò mai più!" La voce è stridula e dal tono alto e, improvvisamente, i suoi occhi si riempiono di lacrime luccicanti. "Tu puoi semplicemente allungare la mano e prendere quella fottuta brocca, ma io non ho questa opzione. Non mi *concederai* questa opzione! Quindi prenditi la tua dannata bevanda! Almeno tu hai questa possibilità!"

Prima che io possa rispondere, prima che possa reagire, odo un orribile rumore stridente quando spinge indietro la sedia e, lasciando cadere la forchetta con un rumore metallico, gira sui tacchi e si precipita fuori dalla stanza.

La voglia di sfida che il legame mi faceva percepire è svanita. È stata sostituita da un dolore profondo e straziante. Senza parlare, mi strofino il petto là dove avverto un improvviso dolore.

Questa è la prima volta che Emma ha effettivamente alzato la voce con me per qualcosa che non fosse il piacere. E, invece di farmi arrabbiare, questo mi fa male al cuore.

Sono la causa della sua tristezza, anche se ho fatto tutto ciò che era in mio potere per renderla felice.

Le ho dato vestiti, mobili, gioielli, i cibi migliori; ho persino fatto venire per lei un'insegnante di arte. Eppure, niente di tutto questo è abbastanza. Niente di tutto questo è ciò che lei vuole veramente.

Vuole andare a casa.

Sulla Terra.

Deve esserci una soluzione. Troverò un modo per rendere felice la mia Emma. E, nel frattempo, farò il possibile per consolarla.

17

EMMA

Durante il mio sfogo, la faccia straordinaria, dai lineamenti marcati, di Khan era un quadro, con quelle labbra arrotondate atteggiate a una O perfetta. Potevo percepire il suo desiderio di alzarsi da tavola e venirmi a ricordare quale fosse il mio posto. A suo merito, non lo ha fatto. È rimasto lì seduto come una statua mentre gli urlavo contro.

Ora me ne sto raggomitolata nel nostro letto mentre calde lacrime mi scendono lungo il viso.

Le sete lisce e le soffici pellicce sono morbide sulle mie gambe nude. Stranamente, questo mi fa solo urlare più forte.

Nidificazione: Khan definisce così il mio strano, inspiegabile bisogno che a volte sento di aggiungere sempre più elementi di conforto alla nostra camera da letto. Mi dà carta bianca e si premura di assecondare ogni mio capriccio. Se voglio un cuscino di seta, mi viene dato il miglior cuscino di seta di Altrim. Pellicce viola. Tappeti verde acqua. Lampade a sfera che emanano una luce soffusa rosa che rende più accogliente la stanza. I miei stessi dipinti adornano le pareti. Pensavo che le emozioni e i ricordi del passato mi avrebbero confortato, ma mi sbagliavo. Ora, le immagini – del frutteto dei miei nonni, della spiaggia di sabbia bianca in Thailandia, di una tazza di caffè fumante – si fanno solo beffe di me, ricordandomi crudelmente ogni giorno cosa mi sto perdendo.

Mi tappo la bocca con una mano e singhiozzo più forte. Ho tenuto tutto dentro il più possibile da quando sono arrivata, mentre provavo a distrarmi con l'allestimento della stanza e dipingendo le scene dei miei ricordi più felici – quando Khan non mi fotteva – e ora è come se una diga si fosse rotta.

Mentre piango, la mente corre. Ora che il mio calore è passato (per il momento; Khan dice che probabilmente tornerà al più tardi tra un ciclo lunare), sono in grado di pensare più chiaramente.

E tutto ciò cui riesco a pensare è la mia penosa situazione, e a quella delle altre donne umane che loro vogliono portare qui. Proprio ieri mi è stato detto che l'esperimento era fallito, dal momento che il siero Omega non aveva avuto alcun effetto sulle femmine ulfarri. In altre parole, quell'idiota di Aurus, il pomposo re cromato, e i suoi scienziati magici inizieranno a rapire le donne dalla Terra e a portarle su Ulfaria.

Quel pensiero è sufficiente per provocare una nuova serie di singulti. Sono singhiozzante ed afona quando sento le fusa. La sua voce è bassa. Delicata. Rassicurante.

"Emma. Vieni da me".

Mi raggiunge sul letto e io mi rotolo tra le sue braccia, mentre tiro ancora su col naso. È troppo chiuso dal pianto per consentirmi di sentire il suo profumo, ma il brontolio proveniente dal suo ampio petto sta già rallentando il battito del mio cuore e mi sta calmando.

Mi coglie un'improvvisa voglia di gelato al biscotto e mi

chiedo se siano i miei ormoni a farmi sentire peggio. Le omega hanno la sindrome premestruale?

Posa una sua enorme zampa sul mio fianco, mentre le sue dita lunghe e larghe si allargano su parte del mio gluteo. Con l'altra mano mi accarezza la nuca. Non so come riesca a parlare mentre fa le fusa – o ringhia – ma è in grado di farlo. È come uno strano tipo di respirazione circolare.

Mi aspettavo che si arrabbiasse, dopo il mio sfogo. Quasi mi aspettavo che mi mettesse giù e mi sculacciasse, come ha fatto un paio di volte quando sono stata troppo sfacciata. Invece mi sta consolando.

Non so se esserne felice o triste.

"Mia dolce, piccola cosa", canticchia, ancora accarezzandomi. "Detesto vederti soffrire".

Allora fammi andare a casa! Voglio abbaiare contro di lui, ma le fusa sono così confortanti che non voglio che smetta. Non voglio farmelo nemico.

Perché no?

Una domanda cui non posso rispondere, in questo momento. Oppure non voglio.

In ogni caso, mi rannicchio invece tra le sue braccia, permettendo alle vibrazioni del suo ampio petto di diffondersi attraverso il mio corpo finché il respiro non riprende a fluire, lento e profondo, e le lacrime non si asciugano sul viso.

"Mi dispiace di averti urlato contro", mormoro nel suo petto. Devo scusarmi. Non posso evitarlo. *Puoi portare la ragazza fuori dall'Inghilterra...* [È l'inizio di un detto che termina con "ma non puoi portare l'Inghilterra fuori da lei". N.d.T.]

Con mia grande sorpresa, emette una risatina sommessa. "Sei l'unica donna che abbia mai alzato la voce con me", ammette. "Normalmente, non avrei tollerato una tale insolenza per un secondo".

145

"Lo so". Rabbrividisco al ricordo dell'ultima volta che mi ha sculacciato. Non riesco nemmeno a ricordare perché – forse l'avevo preso in giro, scherzosamente – ma lui mi ha fatto piegare, mi ha sollevato il vestito (a quanto pare, la biancheria intima non esiste su questo pianeta), e mi ha sculacciata a sedere nudo con la sua mano massiccia e la sua forza bruta finché la pelle non è sembrata ustionata. Il ricordo mi fa pulsare il clitoride, proprio come allora. Se Khan era sorpreso di trovarmi bagnata fradicia dopo che mi aveva fatto assumere il colore di un cocomero maturo, non lo ha dato a vedere. Ma sono abbastanza sicura che abbia capito che certi tipi di dolore mi fanno impazzire. O forse pensava solo che fosse dovuto al calore...

"So cosa stai pensando", continua, e posso quasi sentire il suo divertimento. "Ma no, non ricompenserò un simile comportamento. Una sfida giocosa è una cosa. Urlare contro di me dall'altra parte della tavola..."

"È un'altra", concludo per lui. Una parte di me si sente in colpa. Mi sono comportata come una bambina e posso solo immaginare come si sentisse mentre gli urlavo contro.

L'altra parte, invece, pensa ancora di avere una giustificazione. Ogni parola che dicevo era vera, anche se avrei potuto esprimermi con più decoro.

Fa svicolare verso il basso la mano sul mio fianco per accarezzarmi possessivamente un gluteo; poi mi tira più vicino a sé, finché il mio inguine non arriva a premere contro il suo. Sotto il morbido tessuto dei calzoni, il suo uccello è rigido, enorme.

"Lascia che ti faccia sentire meglio", mormora. All'improvviso, la mano che mi accarezzava i capelli scivola lungo il cuoio capelluto, stringendolo forte, tirandomi indietro la testa. Poi, le sue labbra sono sulle mie.

Anche se non sono più in calore, il mio corpo risponde a Khan. Sento un improvviso zampillo tra le cosce mentre la sua lingua scivola nella mia bocca. Mi bacia con ardore, abilmente, ancora e ancora, finché i capezzoli non diventano delle turgide e doloranti punte che premono contro la tunica e il clitoride non duole a causa del suo tocco. Affondandogli le unghie nelle spalle, gemo, mentre faccio scivolare una gamba sulla sua coscia e gliela premo contro.

Mi sta ancora baciando, con la lingua che si tuffa dentro, forse prefigurando ciò che il suo membro farà alla mia fica.

La pelle d'oca mi pizzica mentre ruoto i fianchi e incontro la morbidezza, già resa appiccicosa dai miei umori, dei suoi calzoni. Il clitoride sembra enorme mentre lo sfrego su e giù contro di lui, cavalcando la sua enorme coscia di ferro. Per quanto mi vergogni di comportarmi come una cagna in calore, non riesco a fermarmi.

È una sensazione troppo bella.

Quando le fusa di Khan si trasformano in un ringhio e lui mi morde il labbro inferiore, raggiungo l'apice, venendo così forte che, dietro le palpebre chiuse, vedo esplodere le stelle. Mi tengo stretta a lui come se ne andasse della mia vita, tremando violentemente, con il mio nucleo che si contrae in modo incontrollabile intanto che la panna che ne fuoriesce si sparge sui suoi calzoni.

Alla fine mi affloscio, esausta, troppo stanca anche solo per scusarmi di avergli rovinato i vestiti. Invece, giaccio tra le sue braccia, con il cuore che batte forte, mentre piccole scosse di assestamento ancora pulsano nel mio nucleo.

Khan mi bacia la fronte con una tenerezza insolita. Sta ancora ringhiando. "Mia piccola Emma", sussurra. "Mia".

Poi, come se fosse stato premuto un interruttore, mi fa girare, rovesciandomi sulla schiena e mettendosi a cavalcioni su di me. Senza tante cerimonie, mi strappa la veste che indosso, scoprendomi i seni, per poi poggiarvi sopra la bocca e le dita, impastando, pizzicando, tirando e torcendo i capezzoli finché non grido.

Il dolore non fa che aumentare la mia eccitazione.

È sempre stato così.

Non so quando o come abbia liberato il suo enorme e gonfio membro dai calzoni, ma, mentre dà un morso particolarmente selvaggio al mio capezzolo teso, avverto un forte dolore nella fica, e lui è dentro di me, fino in fondo. Riempendomi. Allargandomi.

Le mie gambe sono divaricate in modo osceno intorno a lui, così come il mio sesso, e, quando inizia a scoparmi sul serio, il suo bacino liscio e duro struscia contro il mio clitoride ad ogni spinta.

"Mia", ripete, con una voce densa di lussuria. I suoi occhi sono quasi neri per il desiderio. "Mia. Mia. Mia". Lo sta cantando, ora, a tempo con gli affondi squisitamente dolorosi dei suoi fianchi mentre si spinge dentro il mio nucleo scivoloso con la brutale precisione che sono arrivata a conoscere... e a bramare così tanto. Una mano enorme mi sta ancora afferrando dolorosamente un seno; l'altra, bloccata sulla mia fronte, mi tiene inchiodata al materasso, quasi non fossi altro che un contenitore per il suo seme.

Anche se non sta attivamente facendo nulla per facilitare il mio piacere, un altro orgasmo sta scalpitando per raggiungermi. Ora che non sono in estro, non produco fiumi di liquidi, ma sto comunque gocciolando. I miei umori, mentre scivolano giù fino al buco del sedere, mi fanno il solletico. Riesco a sentire ogni cresta, ogni vena del considerevole membro di Khan. Poi lui corregge leggermente l'angolo, così da spingere contro il punto G, schiacciando al tempo stesso il clitoride.

Tutto il mio essere si contrae mentre mi stringo intorno lui, venendo così forte che non mi rendo nemmeno conto da dove provenga l'orgasmo. So solo che il piacere è molto intenso, fa male fisicamente, un dolore che si acutizza allorché si forma il nodo alla base del suo uccello, allar-

148

gando i sensibili tessuti della mia apertura come se stessimo praticando il fisting.

Questo mi fa solo venire più forte.

Khan emette un ruggito che si fonde con il mio urlo e mi rendo conto vagamente dei punti luminosi che appaiono ai bordi della mia vista mentre mi muovo ritmicamente sotto di lui.

Mi sta riempiendo, mi sta colmando del suo sperma, e mentre gli spasmi del mio orgasmo finalmente iniziano a scemare, una sensazione diversa dalla pura lussuria mi invade.

Un risentimento amaro come il veleno riempie completamente la mia anima, così come l'enorme alfa che sta sopra di me fa con il mio corpo.

Questo è tutto ciò che vede in me.

Questo è tutto ciò per cui mi vuole.

Questo è tutto ciò che sono per lui: un manicotto per il suo uccello. Un grembo vuoto da fecondare. Una fattrice.

Non voglio restare qui. Non voglio perdere tutto quello che ho conosciuto e tutti quelli che ho amato. Non voglio essere ridotta a nient'altro che a una coppia di ovaie che cammina e parla. Non voglio dover guardare mentre altre donne vengono rapite dalla Terra per subire il mio stesso destino, o uno peggiore, a seconda del re cui potrebbero sfortunatamente essere assegnate.

Il guaio è che non c'è un cazzo che possa fare per scongiurare queste minacce.

La mia fica sta ancora palpitando intorno all'uccello di Khan quando le lacrime iniziano a colare, ancora una volta, dai miei occhi.

18

KHAN

Mi sto ancora riprendendo dal mio intenso orgasmo, quando noto che Emma sta piangendo di nuovo.

Ulf, aiutami! Non so cosa fare. Non posso sopportare di vederla così triste, e il fatto di sentire questo dolore attraverso il nostro legame sta solo peggiorando le cose.

E non riesco nemmeno a credere che sia passata così velocemente dall'orgasmo alle lacrime. I suoi stati d'animo possono cambiare con estrema rapidità.

Ancora con il respiro affannoso, cercando di ignorare il battito nei lombi e nel petto, riprendo a fare le fusa e le bacio la fronte umida. "Emma", sussurro. "Ti prego".

Non so cosa le stia chiedendo. Voglio solo che lei sia felice. Che il nostro legame irradi gioia e lussuria invece di tristezza e rassegnazione.

"Cosa, Khan?" Ha smesso di singhiozzare, il che credo sia dovuto alle mie fusa. Sbatte le palpebre e altre lacrime sgorgano dai suoi enormi occhi blu quando lo fa. Ma ora sembra che non pianga più. Invece, mi sta scrutando, mi sta guardando negli occhi più direttamente di quanto non abbia mai fatto. Chissà cosa spera di vederci.

"Detesto vederti triste", ammetto, anche se mi addolora parlare dei miei sentimenti con qualcuno, figuriamoci con una donna. "Dimmi di cosa hai bisogno".

Il suo sguardo è franco. Penetrante. Eppure non riesco a decifrare i suoi pensieri. Per un lungo momento trattengo il respiro, quasi affogando nella sua bellezza. Il mio uccello si sta afflosciando dentro di lei là dove siamo uniti, avvolti dal calore scivoloso del mio seme e dei suoi umori.

Per un attimo mi chiedo se oggi sia il giorno in cui il mio seme metterà radici, poi mi sforzo di concentrarmi. Non è il momento di fantasticare su una possibile gravidanza della mia omega.

"Per cominciare, ho bisogno che tu te ne vada", dice alla fine.

Mentre mi districo da lei e mi sistemo al suo fianco, mi chiedo se sia sua intenzione umiliarmi. Ulf sa che è esattamente come mi sento in questo momento: umiliato. La mia compagna – la mia regina – mi ha appena dato un ordine e io ho obbedito.

Come uno schiavo.

Sono un alfa. Un ulfarri. Un brutale. Non sono uno schiavo.

Cosa c'è in questa piccola u-man rosa e dorata che mi affascina così tanto? Cercavo un'omega da impregnare; una femmina con cui allevare altri alfa e omega.

Non mi aspettavo che mi sarei... interessato così tanto a lei. Eppure lo sono. Alla sua tristezza, alla sua felicità, alle sue speranze e ai suoi sogni.

Lei conta così tanto per me.

Questa realizzazione è un tale shock che devo costringermi a reindirizzare la mia attenzione su ciò che sta dicendo. Ha una voce dolce e soave, anche se il chip traduttore le fa acquistare una strana inflessione quando parla l'ulfarri. È un accento accattivante.

"... ed è per questo che volevo di più dalla vita", sta dicendo. "Ci sono abbastanza persone nel mondo, comunque. Be'", si lascia sfuggire un piccolo sbuffo, "sulla Terra, in ogni caso. Ho passato tutta la mia vita a lavorare per liberarmi da quelle aspettative. Ho lavorato così duramente in Inghilterra che sono riuscita a trovare un lavoro sponsorizzato in Virginia, grazie a Dio! Alla mia età! E ora scopro che tutto quello sforzo non è servito a niente. Quella promessa fatta a me stessa non è servita a niente..."

"Quale promessa?" Ho perso la prima parte di quello che stava dicendo, e faccio fatica a seguirla.

Gira la testa e mi guarda. "Quella che ho appena menzionato. Che non sarei mai rimasta a casa e incinta. Che non avrei mai rinunciato ai miei sogni solo per crescere dei bambini. Lo faceva mia mamma, sua sorella, mia nonna, mia sorella... Non avevo intenzione di intraprendere quella strada".

Lentamente, inizio a rendermi davvero conto di quello che sta dicendo. "Non desideri dei bambini?" Dal tono di voce traspare tutta la mia incredulità.

"No! No! Mai voluti e mai ne vorrò". Sembra così risoluta. Ogni parola è una pugnalata al petto.

"Le femmine sulla Terra possono fare questa scelta? I maschi..."

"I maschi non possono dire alle femmine se riprodursi o meno, no. In effetti, tale decisione è solitamente responsabilità della donna fin dall'inizio. Dopotutto, siamo noi che affrontiamo la gravidanza, il travaglio, il parto; siamo principalmente noi ad occuparci dei bambini e, nella maggior parte dei casi, andiamo lo stesso a lavorare, o perché lo vogliamo noi o perché un solo reddito non è sufficiente o perché il padre se la dà a gambe". Emette un sospiro sdegnoso.

"Gambe?" Il software di traduzione è buono, ma non impeccabile. Sono sicuro che non intendeva dire ciò che ho appena sentito.

"Sì. Si leva dalle palle. Li lascia. Abbandona moglie e figli".

Non riesco a credere alle mie orecchie. "Li lascia? Per andare a combattere?"

Emma fa una risata amara. "Combattere? Dio, no! Di solito se ne vanno per scopare qualcun'altra. O perché si annoiano. Oppure perché hanno deciso che la vita è più divertente senza vomiti di bambini, pannolini sporchi, responsabilità infinite..."

"Non potrebbe mai accadere su Ulfaria".

Alza un sottile sopracciglio biondo scuro. "No? Cioè, non riesco a immaginare un alfa che lascia un'omega, dal momento che sono così rare, ma sicuramente i beta lo fanno".

Scuoto il capo. "Tutta la prole è preziosa, indipendentemente dalla classe di appartenenza. Nessun maschio ulfarri abbandonerebbe mai la sua famiglia, se ha la fortuna di averne una".

"Huh". Sbatte le palpebre, persa nei suoi pensieri per un momento. "Tutto il mio rispetto".

Mi viene in mente un pensiero terribile. "Se non desiderate avere figli, come fate a impedire la gravidanza?" Sapevo che non era vergine, ma, mentre preferisco non pensare ai maschi che sono venuti prima di me, vorrei poter soddisfare la mia curiosità su questa particolare questione.

"Ci sono metodi diversi. Pillole. Preservativi. Spirali. Impianti. Perfino operazioni".

"Procedure chirurgiche? Le u-man si sottopongono ad alterazioni mediche per evitare la gravidanza?"

"Sì. Anche se la maggior parte dei medici non è disposto

a farlo, a meno che la donna non sia quasi di mezza età o non abbia già avuto un figlio... o tre".

Un'improvvisa sensazione di panico mi stringe nel suo pugno di ferro, serrandomi la gola. "Emma..." Riesco solo a dire.

Un'altra risata amara. "Io ho solo ventisette anni. No, Khan, non ho avuto un'isterectomia".

Non so cosa significhi questa parola, ma presumo lei intenda la procedura di sterilizzazione. "E gli altri metodi? Usi uno di quelli?" Mi rendo conto che sto trattenendo il respiro.

"Prendevo la pillola", mi confida con un tono che, finora pragmatico, suona ancora una volta sconfortato, "ma ho smesso qualche mese fa. I metodi ormonali non fanno proprio per me".

"Allora..."

"Sì, Khan, questo significa che posso avere bambini. Ma – e questo è molto, molto importante – non significa che li *voglia*".

Mi sembra di avere un masso alla bocca dello stomaco. Sapevo che Emma era triste perché le mancava casa sua. La sua famiglia. La Terra. Non mi è mai venuto in mente, mai e poi mai, che lei – qualsiasi donna, del resto – potesse condannare fermamente ed evitare la maternità. È un concetto estraneo a me tanto quanto il *latte macchiato al caramello* che, a volte, menziona con uno sguardo malinconico sul suo bel viso. "Perché no?" chiedo con voce roca, temendo la risposta.

Sarebbe tutto molto più facile se potessi vederla solo come un corpo. Un recipiente da ingravidare senza curarmi dei suoi sentimenti. Ma lei è la mia anima gemella. Non posso sopportare la sua infelicità.

E ora scopro che il mio più grande desiderio è il suo peggior incubo.

154

"Per tutte le ragioni che ho appena detto!" dice con impazienza. "Volevo essere libera di concentrarmi sulla mia carriera!"

"Sembrerebbe un comportamento da egoisti", commento quasi tra me e me. Con mio assoluto stupore, il suo piccolo pugno mi atterra dritto sulla spalla. Non fa minimamente male, ma ciò non attenua il mio shock.

"È tipico!" Emma ha alzato di nuovo la voce. Il legame rende ancora più evidente la sua rabbia furiosa. "Tipica risposta maschile del cazzo! Ogni donna che sceglie di non avere figli è una gattara egoista, sciatta e indesiderabile, giusto?

Non so cosa siano la metà di quelle cose, ma scuoto la testa, sorpreso della sua veemenza.

"Non è assolutamente da egoisti!" continua, scivolando giù dal letto e cominciando a camminare. I nastri sbrindellati dell'abito leggero che le ho strappato, nella fretta di raggiungere i suoi bei seni, le svolazzano intorno, ma lei non sembra nemmeno rendersi conto di essere praticamente nuda. "Ci sono bambini che ogni giorno muoiono di fame! Di malattie prevenibili! Abusi! Non vedo nessuno di quegli impiccioni che *mi* giudicano per le *mie* scelte che fa la fila per accogliere uno di quei bambini. E finché non lo faranno loro, non potranno dirmi che non sono una donna, se non allevo bambini, cazzo!

La sua agitazione è palpabile. Senza dubbio questo argomento le sta molto a cuore e il mio primo istinto, nonostante lo shock per la sua confessione, è, ancora una volta, di confortarla.

Devo aver smesso di fare le fusa ad un certo punto durante questa conversazione, ma non ho idea di quando. Faccio un respiro profondo e ricomincio.

Emma si copre le orecchie con le mani. "Smettila!" urla. "Smettila di prendermi per il culo! Ogni volta che dico o faccio qualcosa che non ti piace, fai le fusa, sapendo benissimo che è come un sedativo. *Falla stare in silenzio, così non protesta?* Cristo!"

Per la seconda volta nella stessa serata, il suo sfogo mi ha lasciato senza parole. Tutto quello che posso fare è sdraiarmi sul letto, con la mente che vacilla. "Non sto cercando di farti tacere". Cerco di non far trasparire dal tono il mio dolore, ma non so se ci sto riuscendo. "Sto cercando di consolarti".

"Be', smettila! Non ho bisogno del tuo conforto! Voglio solo che tu mi *ascolti!*"

"Ti sto ascoltando".

Emma prende un respiro profondo, alza il mento e viene verso di me. Il suo profumo di miele mi solletica il naso, ma per una volta non mi fa andare il sangue all'inguine. Si appollaia con attenzione su un lato del letto. "Mi dispiace. Sì, mi stai ascoltando. Mi hai anche chiesto cosa voglio".

So cosa sta per dire, e un'improvvisa morsa d'acciaio si serra intorno al mio petto.

È difficile respirare. Nessuna ferita che abbia mai subito in battaglia mi ha inflitto un dolore così straziante.

Lei pronuncia lo stesso le temute parole: "Khan, voglio solo tornare sulla Terra. Voglio una promessa da te, o da re Aurus: che nessuna donna umana verrà rapita e portata qui per essere trasformata in un'omega. E io non voglio allevare figli".

È il mio turno di prendere un respiro profondo. Inaspettatamente, sentirla pronunciare quelle parole ha fatto a pezzi la pietà nel mio cuore, e ora non sento altro che una fredda determinazione.

Sedendomi, mi giro a guardare il suo visino fragile; poi allungo una mano e le accarezzo la morbida guancia. Parlo lentamente e deliberatamente come ha appena fatto lei: "Io sono Khan, il Re vagabondo, sovrano di Altrim, e ottengo sempre ciò che voglio. Per tutta la vita ho cercato un'omega e ora ne ho trovata una. Ho trovato un modo per creare altre generazioni di ulfarri alfa e omega. Ho intenzione di avviare questo processo con la mia compagna. E nessuno mi ostacolerà. Nemmeno tu".

19

EMMA

Ho perso la cognizione del tempo. Non so più da quanto sono qui: un giorno si confonde con il successivo, poi con quello successivo. E chissà se i giorni ulfarri sono lunghi quanto quelli terrestri?

Qualcosa in Khan è scattato quando gli ho detto apertamente della mia riluttanza ad avere i suoi bambini. Era un qualcosa di tangibile, una fitta acuta che sentivo fisicamente. È come se un filo invisibile ci collegasse: posso sentire quello che sente lui, non così intensamente, ma riesco a captarne la presenza. Lo chiama *legame* e dice che lo sente anche lui, e che ce l'abbiamo perché siamo anime gemelle. Detesto questa cosa. Le mie emozioni, non so come, si confondono costantemente con le sue.

Quindi, quando gli ho detto che non voglio figli, né ora né mai, la tristezza che ho provato è stata così profonda che potevo quasi sentirne il sapore. Sono stata colta di sorpresa. Pensavo che le mie opinioni fossero state chiare fin dall'inizio. Solo perché il siero mi costringe all'estro e io bramo il sesso con Khan come l'aria che respiro, non vuol dire che miri ad ottenere il risultato biologico ideale solitamente atteso. Voglio solo che venga alleviato il tormento che non dà tregua al mio sesso.

Da allora lui è diverso. Più distante. Meno premuroso. Mi parla ancora, mi scopa, fa le fusa per me... ma è come se avesse eretto un muro invisibile. E io ho avuto molto più tempo per me stessa.

Trascorro la maggior parte del tempo a dipingere freneticamente, cercando di calmare la mente, di evadere mentalmente. Dipingo animali della Terra, uccelli, paesaggi... ma non oso dipingere nessuno cui tengo. Anche se non ci è giunta notizia della prematura scomparsa del raccapricciante Re di pietra, non voglio rischiare di fare del male a qualcun altro. Immagino che ora sia solo io a farmi condizionare da questa superstizione, dal momento che Deva, con entusiasmo infantile, ha iniziato a dipingere ogni creatura vivente presente su Ulfaria. Il pensiero mi fa sorridere. Almeno ho reso felice qualcuno.

Sto dando gli ultimi ritocchi all'immagine di un colibrì – per come riesco a ricordarlo – quando percepisco la presenza di Khan dietro di me. Le mie narici si allargano, riempendosi del suo profumo al cioccolato, e subito un po' di liquido zampilla tra le mie cosce.

Fanculo! Eccitarmi così solo per il suo odore può significare solo una cosa: sono di nuovo in estro.

Senza una parola, senza preamboli, mi infila l'orlo del vestito intorno alla vita, mi piega e, con una spinta violenta, fa scivolare il suo enorme cazzo dentro di me.

Sta ringhiando, e anche se non ci sono stati preliminari, nessun avvertimento, nemmeno una parola gentile, i miei capezzoli si induriscono, tanto da diventare due punti dolenti che premono contro il tessuto quasi inconsistente della tunica, e sopprimo un gemito mentre vengo allargata e costretta ad accogliere la sua considerevole circonferenza.

Mi stringe i capelli in un pugno, vicino alla base del

cranio, facendomi inarcare la schiena, e comincia a scoparmi con spinte lunghe e precise.

Il formicolio tra le gambe è già intenso, ma lo sto combattendo. Ho accettato il modo in cui il mio corpo risponde a lui, in cui prevale sulla mia mente e sulla mia volontà. Lo fa fin dal primo giorno in cui ho incontrato Khan, anche perché lui ha reso la cosa più facile poiché sembrava preoccuparsi del mio piacere. Di me.

Ora non fa nemmeno più finta, e io sono furiosa. Non voglio dargli la soddisfazione di venire. Di emettere anche un solo suono. Di dargli anche solo la minima conferma che tutto questo mi stia piacendo. Non posso impedirgli di scoparmi, specialmente quando è in calore, ma posso controllare le mie reazioni.

Spero.

Il mio corpo sembra avere altre idee. Quella sensazione familiare si sta già stringendo nel mio nucleo, segno certo che sono vicina a venire. Adoro gli orgasmi forzati – e negati – nel BDSM, però questo è completamente diverso. Mi mordo il labbro inferiore, forte, per distrarmi.

La mano libera di Khan si allunga e inizia a tirarmi il capezzolo attraverso il tessuto trasparente del mio vestito.

Mi mordo più forte il labbro quando il piacere va giù dritto, dal seno all'inguine.

Al diavolo quel fottuto siero!

Il mio ultimo dom amava negarmi l'orgasmo, tenendomi al limite per un tempo che mi sembrava illimitato, minacciando le peggiori punizioni se fossi venuta senza il suo esplicito permesso. Ora sono grata per quella pratica, poiché ora sono costretta a esplorarne ogni minimo aspetto.

Sta funzionando, anche, finché non sento il respiro caldo di Khan sul mio orecchio e lui ringhia una sola parola:

"Vieni".

La mia fica – puttana traditrice che è – obbedisce all'istante, non so se per quello strano potere che Khan esercita su di me o per la mia propensione ad essere una sottomessa sessuale. Non m'interessa proprio. Tutto ciò che conta è che sto esplodendo intorno al suo cazzo, venendo così forte che sto soffrendo. È un dolore squisito, che mi fa arricciare le dita dei piedi. Mi sto mordendo il labbro quasi fino in fondo, nel tentativo di nascondere il mio orgasmo a colui che lo sta causando.

Bastardo.

La veloce presa ritmica della mia fica intorno al suo uccello fa scattare anche Khan, e non riesco a trattenere un guaito quando il suo bulbo si espande, bloccandomi a lui, assicurandosi che non possa andare da nessuna parte mentre mi riempie fino all'orlo di denso, caldo sperma.

Proprio come i miei umori, la quantità di sperma che produce ad ogni orgasmo dovrebbe essere un'impossibilità fisica, indipendentemente dal fatto che me lo stia sparando dentro o me lo stia spargendo addosso per marchiarmi come sua. Sta già fuoriuscendo dal nodo e gocciolando lungo l'interno delle mie cosce, prima ancora che lui smetta di pulsare dentro di me.

Alla fine, il nodo, ormai sgonfio, gli consente di tirarsi fuori. Trattengo il respiro, chiedendomi cosa farà dopo.

"Emma". La sua voce mi fa sentire un brivido lungo la schiena, e non resisto mentre mi gira per guardarlo in faccia e mi attira nel suo abbraccio. Mi circonda con le possenti braccia, premendomi contro il petto massiccio, mentre il suo respiro è ora un sussurro sopra la sommità della mia testa.

Per favore, non fare le fusa, lo supplico in silenzio. Non potrei sopportarlo.

"Voglio che parliamo", dice. "Non mi piace litigare".

"Mi hai appena scopata come se fossi una bestia da monta", dico a denti stretti, animatamente. "E ora vuoi parlare?"

161

"Sono in calore. Non riesco a pensare in maniera lucida, quando sono eccitato".

La scusa usata dai maschi umani fin dalla notte dei tempi, penso ironicamente, ma mi limito a sbuffare. Arrabbiata e stanca come sono, le sue braccia mi confortano. Lo fanno sempre.

Dannazione! "Io non voglio parlare".

"Allora puoi ascoltare". Prendendomi in braccio in quel suo modo disinvolto, si dirige verso una poltrona lì vicino; poi si siede e mi sistema in grembo.

L'interno delle mie cosce è appiccicoso di sperma secco e dei miei umori. *Sembra il rigurgito di un neonato*, penso irrazionalmente e, all'improvviso, devo combattere la voglia di piangere.

"Voglio che tu sappia perché è così importante per me avere dei figli", continua.

"Non mi interessa", mormoro.

"Non ci credo".

"Non mi interessa quello che credi tu". Ora sembro petulante, ma fanculo! Sono stanca di sentirmi impotente. Una cosa è cedere il controllo di alcuni aspetti della propria vita a un dom affidabile, entro limiti concordati e con una parola di sicurezza; tutt'altra cosa è sottostare a qualcuno che ha la pretesa di decidere su *tutto*: dove vivo; dove vado; chi frequento; cosa mangio; cosa indosso; quando faccio sesso, e che cavolo! E ora devo parlare, quando tutto ciò che voglio fare è tornare al mio dipinto.

La presa di Khan si stringe intorno a me, come se avesse sentito i miei pensieri e volesse confermarli. Dio, è tutto così ingiusto!

"Ci sono ancora così tante cose che non sai su Ulfaria", prosegue. "E le conoscerai, col tempo. Ora, però, voglio accennare a uno degli aspetti più importanti: la nostra storia. Gli Ulfarri sono una specie guerriera. Questo pianeta

162

è ricco di risorse e altri cercano di conquistarlo, di *conquistarci*, dall'inizio dei tempi. Per preservare il nostro stile di vita, il nostro pianeta, per proteggere i beta – Ulf, per *sopravvivere* – abbiamo dovuto mantenere un esercito sufficientemente numeroso di soldati alfa. Ora quell'esercito sta diminuendo".

Ripenso alle file e file di alfa dalla testa d'oro fuori dal Palazzo d'oro e sbuffo. "Non mi è sembrato così esiguo quando siamo arrivati".

"Quelli che hai visto sono l'ultima generazione. Gli alfa nascono così raramente da accoppiamenti beta/beta che, se verremo attaccati, non potremo più contare su una difesa adeguata dopo pochi soli, a meno che non riusciremo a reclutare nuovi guerrieri. Abbiamo bisogno di bambini alfa. Tanti, tantissimi. E, per questo, abbiamo bisogno di omega".

Rimango in silenzio per un momento, a riflettere sulle sue parole. Tutto questo ha senso. Ma ancora non capisco perché dovrei essere io ad assumermi tutta quella responsabilità. Né potrei generare un intero esercito di alfa, anche se andassi pazza per i bambini più di qualsiasi altra donna al mondo.

"Oltre ad allevare forti alfa, le omega hanno altre qualità che purtroppo mancano ad Altrim – e su Ulfaria – dal momento che, sostanzialmente, si sono estinte".

"Ad esempio?" Non posso fare a meno di chiedere.

"Sono miti. Gentili. Accudenti. Sono in grado di lenire e calmare gli alfa come nessuna beta può fare".

"Allargando le gambe?" lo derido.

Se Khan sta diventando impaziente per il mio atteggiamento, non lo sta dando a vedere. Devo ammirarlo per questo. "Anche se è vero che solo le omega possono indurre il calore... e, in misura minima, placarlo", fa un sorriso mesto, "non era quello che intendevo. Le femmine beta non possono calmare gli alfa come riescono a farlo le omega".

Penso al modo in cui reagisco ogni volta che fa le fusa per me. A quanto sia rilassante. Meglio di qualsiasi Valium, massaggio con olio, bagnoschiuma. "Come?"

"Loro cantano. Mia madre lo faceva sempre per me. Delle ninne nanne".

Non mi ha mai parlato dei suoi genitori, o della sua famiglia in generale. Non gliel'ho mai chiesto. Pensavo che, se avesse voluto parlarmene, lo avrebbe fatto. Me ne sto zitta, in ascolto.

"Mia madre è stata una delle ultime omega". Ora, dal tono, sembrerebbe nostalgico, quasi malinconico. Non ho mai notato tale lato di lui, prima. È strano vedere questo enorme guerriero con un'espressione bambinesca sul volto. Anche dalla voce ricorda un fanciullo. D'un tratto, l'inaspettata immagine mentale di un bambino con tratti simili ai suoi – nostro figlio – lampeggia nella mia mente. La scaccio rapidamente. "Mi ha partorito tardi, dopo tanti, tanti tentativi. Molte gravidanze fallite".

Sento una grande empatia. Perdere un figlio è una delle cose più terribili che possano capitare a una donna. Lo so perfino io. E il fatto di essere un'omega, con un'identità centrata sul proprio ruolo di madre... La pressione deve aver esacerbato il dolore... Non posso neanche immaginare di patirlo una volta, figuriamoci diverse volte. "Presumo che tuo padre fosse un alfa".

"Certo. I maschi beta non possono riprodursi con le omega. Quindi sì, mio padre era un alfa. Uno dei migliori". L'orgoglio nel suo tono è evidente. "È stato ucciso difendendo Altrim da una razza particolarmente feroce che chiamiamo "chitin". Ero molto giovane, ma almeno non ero più un bambino quando è successo".

"E tua madre?" Ho quasi paura a chiederglielo.

"Una malattia se l'è portata via quando ero ancora

164

giovane. Avevo appena raggiunto la maturità quando ho dovuto assumere il ruolo di re".

Un pesante fardello da porre su delle giovani spalle, sia pure delle larghe spalle alfa. Non posso fare a meno di allungare la mano per accarezzargli la guancia. Sotto i miei polpastrelli la sua barba di mezzanotte è ruvida. Mi guarda, e i suoi occhi sono pieni di tenerezza. "Mi dispiace", sussurro.

Mi prende la mano e la tiene dolcemente stretta. "Gentile, compassionevole e mite: una vera omega", mormora. "E non credo che questo sia stato causato dal siero. Credo che tu sia sempre stata così, che tali tratti ti distinguano da sempre".

"In realtà, non sono tratti rari, là da dove vengo io", preciso. "Intendo dire che ci sono anche delle stronze egoiste e insensibili, ma tutto sommato la divisione è abbastanza equa".

"Ad ogni modo, tu sei speciale, Emma". In te vedo alcuni aspetti di mia madre".

Non è esattamente una frase che la maggior parte delle donne vorrebbe sentirsi dire, ma so cosa intende e sono più commossa di quanto sarei disposta ad ammettere. "Grazie". Ho un nodo improvviso alla gola. Forse gli importa di me. Forse è più sensibile di quanto sospettassi all'inizio.

Ma questo non nega il fatto che non sono qui di mia spontanea volontà. Niente, nessuna parola gentile, buon sesso o fare le fusa lo cambierà. Mai.

∼

Khan

· · ·

EMMA DORME RANNICCHIATA SU SE STESSA. È più magra; mangia poco, perché, così afferma, non può facilmente digerire il cibo ulfarri. È angosciata e ansiosa. Nemmeno la pittura sembra interessarle più tanto. La sua infelicità pulsa nel nostro legame. La tengo stretta finché non si addormenta, ma poi mi alzo, inquieto.

Anche dopo la nostra conversazione dell'altro giorno, in cui pensavo di averle fatto capire quanto siano importanti le omega per la nostra stessa sopravvivenza, dice di non volere, di non poter accettare di vivere qui.

E così mi ritrovo in bilico su uno sgabello nei miei alloggi privati, in una stanza separata da quella di Emma, ma abbastanza vicina da consentirmi di sentire il suo pianto. La sua angoscia è sempre con me, un dolore sordo nel mio cuore. Non può andare avanti così.

C'è un'unica soluzione.

Mi siedo con i muscoli rigidi e tesi finché la sfera davanti a me non si illumina di una luce dorata. È il re Aurus, che risponde alla mia chiamata.

"Khan?" La voce di Aurus rimbomba. Sembra sorpreso.

"Aurus. Ho bisogno di un favore", dico in tono brusco.

Segue una pausa. Aurus mi conosce bene. Non chiedo facilmente aiuto. Aurus la considera una debolezza; un alfa non si mostra mai volontariamente debole a un rivale. E tutti i re sono rivali, anche se noi siamo alleati. Quella tra noi è una tregua difficile.

"Dimmi". Aurus lo fa sembrare un ordine. Ma non può farne a meno.

"Vorrei che i tuoi maghi creassero un portale che possa permettermi di riportare la mia omega sul suo pianeta natale".

"Restituisci la tua omega?" Una nota di incredulità tinge il suo tono. "Non ti piace?"

"Vuole tornare a casa", dico semplicemente.

166

Segue una pausa più lunga. "Ordinerò ai miei maghi di prendere in esame la questione", mi assicura. "Stanno cercando di creare un portale per far venire le u-man. Restituirne una è sicuramente possibile".

È la risposta di cui ho bisogno... e che non vorrei proprio sentire. "Grazie".

Sembra che Aurus non sappia cosa dire al riguardo. Mi siedo in silenzio, in bilico sul mio sgabello, aspettando che rifletta sulle domande da pormi. Vuole sapere perché sono intenzionato a rinunciare alla mia Emma.

"Gli altri re avranno da ridire, se otterrai una seconda omega prima di loro", dice alla fine.

"Non ci sarà nessuna gelosia. Non prenderò una seconda omega".

"No?" Per Aurus, e per qualsiasi altro re, questa idea è inconcepibile.

"No". Emma è l'unica per me. Non riesco a crederci, neanche mentre le parole lasciano le mie labbra, ma è la verità. Lei è la mia anima gemella. La desidero più di ogni altra cosa, anche più di quanto desideri un erede.

Segue un altro lungo silenzio. Per una volta, Aurus è rimasto senza parole. Ci sono voluti un'omega e il sacrificio di un re per ammutolirlo.

"Ci hai fatto un grande dono", ammette, infine, in tono roboante e regale. Non può vedere il mio sorrisino. Tra tutti i re, sono stato io a trovare le omega per il nostro pianeta. Forse è perché sono nato da una di quelle. Mia madre apparteneva all'ultima generazione della sua specie.

Ora, in rari casi gli alfa nascono da unioni beta/beta. Aurus è figlio di una coppia così composta ed è stato portato via dalla sua casa in giovane età, per vivere e crescere tra le fila dei soldati alfa. A differenza mia, non ha mai conosciuto la tenerezza di una madre omega.

Ricordo ancora il profumo di mia madre. Sento le sue

canzoni canticchiate a tarda notte. Forse è per questo che non ho mai smesso di cercare ciò che il nostro pianeta ha perso.

E ora che ho trovato Emma, devo rinunciare a lei. La sua vita è la mia vita. La sua felicità è la mia felicità.

"Spero che un giorno possiederò un'omega bella come la tua".

Pensa che possederà la sua omega, quando invece sarà lei a possederlo. Gli stravolgerà la vita. Non vedo l'ora.

"Emma è bellissima. È anche testarda. È sconvolta dal fatto che stiamo prendendo altre femmine u-man", gli concedo come spiegazione.

"Non possiamo fare altrimenti", dice Aurus, con tono ora cupo. "Se gli alfa si estingueranno..."

"Lo so". Lo capisco. La sopravvivenza del pianeta dipende dalla presenza degli ulfarri più grandi e più forti. E, solo con gli accoppiamenti beta/beta, gli alfa diventeranno ancora più rari.

Non posso impedire che vengano prese altre femmine u-man. Ma farò tutto il possibile per vedere felice la mia omega. Anche se questo dovesse comportare la rinuncia a tutto ciò che ho sempre desiderato.

20

EMMA

Siamo tornati sull'astronave di Khan. Lui è tranquillo. Sto seduta sulle sue ginocchia, visto che si rifiuta di lasciarmi andare.

Non ho chiesto cosa stesse succedendo quando mi ha preso in braccio e mi ha portato fuori dal nido. Non m'importava. La testa mi pulsa come se dei piccoli rompighiaccio mi venissero spinti nelle tempie e ho la bocca secca. Forse è l'estro. Mi sento di essere in colore da quando ho incontrato Khan. Forse è così, anche se Khan giura che dura solo pochi giorni alla volta. O forse mi sto ancora adattando al pianeta. Al nuovo ambiente. Alla mia nuova vita di merda.

Però, non è totalmente di merda. Altrim è bellissima. E Khan è... complicato. Gli do una sbirciatina con la coda dell'occhio. Ha un'espressione composta, cupa. Quasi pensierosa. Il legame tra noi è come una cappa di piombo che irradia dolore. Non era così un giorno fa. Il tormento è diventato più intenso nelle ultime ore, saturando la nostra connessione al punto che ho timore di sondarla. Come un dente che sta marcendo.

Resisto all'impulso di massaggiarmi il petto o di fissare più a lungo Khan. Invece, guardo fuori dalla grande finestra.

Per la maggior parte del viaggio, il paesaggio è sfrecciato troppo velocemente davanti ai miei occhi, ma, mentre la nave rallenta, mi rendo conto che ha un familiare luccichio dorato.

Un'ondata di trepidazione mi fa muovere sulle ginocchia di Khan.

"Aurus ha convocato un altro Consiglio dei re? È lì che stiamo andando?" chiedo, rompendo il silenzio. Le mie mani, posate in grembo, sono rigide, con le unghie che affondano nei palmi. Non voglio assistere a un altro orribile incontro in cui i re alfa discutono del destino delle donne umane.

Khan mi accarezza i capelli. Percepisce il mio nervosismo, ma non fa le fusa. Già questo mi porta ancora di più al limite. Ma forse sta solo accondiscendendo alla mia richiesta di smettere di fare le fusa ogni volta che sono angosciata.

"No. Non c'è nessuna riunione del consiglio", risponde semplicemente.

Allora perché stiamo tornando al Palazzo d'oro? L'appariscente dimora di Aurus brilla in lontananza. I soli stanno tramontando, ma, anche nella luce tenue del crepuscolo, la struttura dorata e bianca è una vista mozzafiato. Questa volta, non ci sono file di soldati alfa sulla strada dorata. Non c'è proprio traccia di nessuno. In alto nel cielo è visibile il gruppo delle cinque lune, ogni mezzo contorno di ciascuna più sfocato del precedente.

La nave raggiunge il Palazzo d'oro e si libra vicino ai gradini. Fuori, l'aria della sera trattiene ancora il calore, ma non ci sono suoni di uccelli o di altri esseri viventi. Il luogo è sfarzoso come un edificio barocco e silenzioso come una tomba.

Khan mi porta fuori dalla nave e dentro il palazzo. Il mio terrore cresce man mano che lui avanza lungo i corridoi silenziosi, tra le colonne giganti. Sfere luminose sono sospese nell'aria tra ogni serie di pilastri, a illuminarci il cammino.

Ho un altro pensiero terrificante: non mi ha posseduta, prima che venissimo qui. Non mi ha marchiato con il suo profumo. Perché no? Non è preoccupato che un altro alfa possa prendermi, come lo era prima?

Torniamo indietro percorrendo lo stesso percorso verso la stessa serie di porte che conducono alla sala del consiglio, o ad una identica a quella. I suoi passi rallentano e vacillano per un momento, ma poi le porte si aprono lentamente, automaticamente.

Questa stanza non ha un tavolo rotondo né sedie. Ci sono alcune sfere luminose in un angolo, ma mostrano perlopiù dei beta con indosso delle tuniche. Adesso li riconosco più facilmente: sono più piccoli di statura. Il capo beta ha una tunica viola, lunghe dita a forma di ragno e una testa calva. È in piedi di fronte a un'enorme cosa che sembra uno specchio in una cornice dorata. Al posto del vetro c'è una sostanza bianca lattiginosa, come una sorta di nebbia, che si muove e forma uno spesso muro tra le parti dorate.

Khan entra e si ferma davanti all'inquietante "specchio". Il capo beta e tutti gli altri si inchinano.

"Re vagabondo".

Khan non li saluta, né mi mette giù.

"Khan". Entra Aurus, grande e grosso come lo ricordavo. I suoi capelli sono tagliati corti e, con la sua piastra corazzata sul petto, sembra un elegante gladiatore. China la testa solennemente, rispettoso come non mai. "Re-che-trovò-le-omega". Lo pronuncia come se fosse un titolo. Questa è nuova! Poi si rivolge a me: "Omega". Si inchina un po' più profondamente.

"Che cos'hai trovato?" chiede Khan, con tono impaziente. Il mio alfa non fa tante cerimonie, atteggiamento che apprezzo molto. *Il mio alfa.* È divertente quante cose siano cambiate. Quanto velocemente insorga in me il pensiero che Khan è mio. Sono contenta di essere finita con lui invece che con Aurus. O con un altro, come il Re di pietra. *Mi vengono i brividi.*

Aurus fa un cenno al mago vestito di porpora, che si fa avanti e si schiarisce la gola. Ho interrogato Khan sui maghi, ma non ho mai avuto una risposta diretta. Non dà l'impressione di interessarsi molto ai dettagli di quello che fanno. I maghi sembrano essere una sorta di incrocio tra scienziati e ingegneri. Ma la loro tecnologia è come la magia per gli ulfarri.

"Abbiamo calcolato la posizione della Terra in relazione alle lune", dice il mago calvo con una voce sorprendentemente profonda. "Molto presto, saranno allineate".

"Il portale consentirà il passaggio verso la Terra", afferma Aurus.

Il mago vestito di viola aggiunge, in modo ridondante: "Il pianeta natale della tua omega".

Mi irrigidisco tra le braccia di Khan. *La Terra.* Stanno parlando di farci passare le donne umane? Sapevo che sarebbe successo, ma non volevo assistere al misfatto.

Inizio a dibattermi e Khan mi stringe più forte tra le sue braccia.

"Il viaggio attraverso il portale è possibile in entrambe le direzioni?" chiede lui.

"Sì", risponde il capo beta. Tornerà esattamente così come è venuta".

"Aspettate!" dico, abbastanza forte da far risuonare la mia voce nella stanza poco illuminata. "Tornerà?" Questo significa che posso andare indietro?

Khan mi mette giù e mi gira affinché possa guardarlo in faccia. Lo sguardo cupo sul suo volto rivela una sorta di tristezza. Avevo ragione, allora. "Desideri ancora tornare sulla Terra?"

La risposta mi rimane in gola. Certo che voglio tornare? Vero?

"Stai scherzando?" *C'è un portale. L'impossibile è successo. Questa è una buona notizia... giusto?* Mi lecco le labbra secche. "Posso tornare indietro?"

Khan annuisce lentamente. "Se è quello che desideri..."

"Il portale funzionerà solo per un breve momento", lo interrompe il beta. "Presto sarà pronto. Quando le lune si allineeranno". Mentre parla, la nebbia si muove rapidamente all'interno della cornice dorata. Segue un turbinio di attività, con i beta che, nelle loro tuniche, corrono di qua e di là. Alcuni hanno dei tablet, e gli altri si raggruppano intorno a loro, indicando e annuendo o scuotendo la testa.

Hanno scoperto un modo per riportarmi sulla Terra. Posso tornare indietro. Tornare alla mia vecchia vita. Ai miei MacBook Air e iPhone. Alla mia scrivania, con le matite da disegno che uso raramente chiuse nel cassetto. A Netflix. Alla normalità. Tutto sarà com'era un tempo.

"E il siero?" chiede Khan al beta. Sembra molto calmo. È un bene che lui stia ponendo tutte queste domande. Sto ancora cercando di concentrarmi su quello che sta succedendo. Vorrei che mi avesse dato una sorta di avvertimento.

"Il siero dovrebbe restare inattivo. Dobbiamo prelevare un campione di sangue, per essere sicuri". Il beta china la testa a Khan. "Con il suo permesso?" È irritante che il beta chieda a Khan e non a me.

Khan annuisce con un cenno e io aggiungo puntualmente: "Va bene" e tendo il braccio affinché un servitore silenzioso si avvicini e mi appoggi una specie di tubo argenteo sul bicipite. Non c'è dolore, solo un sibilo; poi il beta porta via il tubo, correndo verso l'angolo e altre stravaganti apparecchiature d'argento, che devono essere una sorta di laboratorio di analisi portatile.

Posso tornare. Latte al caramello, cioccolato e martedì taco con gli amici. Non che io abbia molti amici negli Stati Uniti; la maggior parte delle persone che conosco sono colleghi di lavoro. Potrei provare di nuovo il club...

Ma Khan?

Io sarò là e Khan resterà qui. *Khan...* Automaticamente, allungo una mano verso di lui. Me la prende e la stringe leggermente mentre i beta corrono avanti e indietro, facendo attenzione a non avvicinarsi troppo al portale. Il capo dei maghi è l'unico lì nei pressi, e anche lui mantiene alcuni metri di distanza.

"Entro breve. Devi essere pronta", dice il capo dei maghi e mi fa cenno di andare avanti.

"Okay. Sono pronta", dico, un po' senza fiato. Ho una stretta al cuore mentre faccio qualche passo, decisa ad affrontare il portale. La nebbia si è solidificata in una sostanza argentea opaca che sembra mercurio. È ancora dannatamente inquietante, ma mi riporterà a casa, almeno spero.

A casa. Di nuovo alla cioccolata calda e al traffico sulla I-95. Alle scartoffie per mantenere la carta verde e ai tentativi di bloccare la mia orribile famiglia su Facebook. Al mio lavoro monotono e al mio squallido appartamento.

Aspetta un attimo...

Il portale sta diventando più luminoso; ora è di un pallido azzurro argenteo. Luccica come l'acqua o come un ipnotico velo metallico. Ci sono forme che si muovono al di là. Faccio un passo avanti e mi fermo. Ho davvero intenzione di oltrepassare quella cosa?

"È sicuro?" chiede Khan. "Il portale è sicuro per un essere umano?"

"Sì", risponde il capo dei maghi. Un subordinato si

precipita da lui con un tablet e lui ne scruta lo schermo. "Sì, è sicuro per un umano. È altamente probabile che sopravviva".

No! Non promette niente di buono. Ma questa è la mia occasione per tornare indietro... Posso rifiutare? Voglio farlo?

Mi mordo il labbro. Niente più palazzo in montagna. Niente più quadri in movimento. Niente più estro. Dovrò andare in giro per i club o tentare con degli appuntamenti online, per soddisfare i miei bisogni.

Niente più Khan.

Stringo le sue dita.

"E per me?" chiede Khan. "Qual è il mio tasso di sopravvivenza?"

Il capo dei maghi guarda accigliato il suo tablet. Sbalordita, provo a lasciare la mano di Khan, ma lui non me lo permette. Mi afferra più saldamente, intrecciando le sue dita con le mie.

"Khan?" La mia voce è roca mentre mi giro verso di lui, con la gola improvvisamente serrata. Il suo profumo mi avvolge.

"Non ti lascerò", ringhia. "Non chiedermelo". Mi accarezza una guancia con la mano libera. "Non c'è niente qui ad Ulfaria per me. Senza di te, non c'è niente".

Un lampo di luce: un bagliore bianco blu illumina il portale. È come guardare dentro un proiettore.

"Presto", ci sollecita il beta. "C'è una piccola possibilità che un ulfarri sopravviva al viaggio attraverso il portale".

"Ma la tua gente? Il tuo regno?" chiedo, piagnucolando. Il cuore mi sta battendo forte. Sta succedendo tutto così in fretta, e sono in preda alla tensione. Sotto pressione. Nel panico.

"Incaricherò qualcun altro".

Lancio un'occhiata ad Aurus. "E le altre umane? Le donne?"

Khan mi afferra il mento e dirige il mio sguardo sul suo. "Le femmine umane verranno prese, in un modo o nell'altro. Non posso fermare tutto ciò. Ma posso darti questo".

Il capo dei beta alza lo sguardo dal tablet e annuncia: "Il tasso di sopravvivenza per l'umana è del 95,2 per cento. Sei pronta ad accettare questo rischio?"

"Sì", rispondo, perché non mi rendo davvero conto del pericolo, ma non voglio dire di no alle mie opzioni. Il novantacinque percento non è male. Non è perfetto, ma...

Il beta si rivolge a Khan: "Il tasso di sopravvivenza per un ulfarri è del 20,9 per cento".

"Che cosa?" Faccio una smorfia mentre un brivido di paura si insinua lungo la mia nuca. È meno di un quarto! "No!"

Khan ringhia e mi afferra la mano. "Emma..."

"Non le consiglio di viaggiare attraverso il portale", continua il capo beta. Il suo tono pragmatico denota una scarsa sensibilità nel trattare con i pazienti. "L'aria sarà troppo pesante per lei. Se sceglierà di andare e sopravvivrà al viaggio, dovrà ricevere assistenza medica immediatamente dopo il suo arrivo dall'altra parte. Capisce?"

"Capisco", dice Khan. Ancora così calmo. Sotto il dolore che sento vibrare nel nostro legame, percepisco qualcos'altro: rassegnazione. Il mio cuore si sta per spezzare.

"Il portale è quasi pronto". Il capo dei maghi passa a un altro il suo tablet. Si fa da parte e solleva la mano in un gesto, quasi fosse una solenne e sacerdotale Vanna White [noto personaggio televisivo statunitense, N.d.T.]. "Le lune sono in posizione, e presto sarà il momento".

"Aspetta, no". Alzo una mano per bloccare la luce pulsante. "Non puoi venire. Non avresti diritto alle cure mediche". Sono abbastanza sicura che la mia assicurazione

176

sanitaria non lo coprirà. Anche se l'anatomia di Khan è simile a quella umana, lo rinchiuderebbero in un laboratorio per studiarlo. "E se non riuscissi a farlo curare in tempo?" chiedo. Ora il cuore sta sbattendo contro le mie costole e mi è difficile respirare.

"Allora morirà", risponde il mago in tono piatto, come se la conversazione lo stesse annoiando. A quanto pare, non è richiesta molta empatia per la posizione di capo dei maghi.

La luce brilla.

"Il portale è pronto. Avete un minuto".

Khan si mette al mio fianco, tenendomi ancora la mano. "Sei pronta?"

"No! Khan, tu devi restare qua! Non puoi venire con me". Cerco di divincolarmi, ma la sua è una presa d'acciaio. Non c'è alcuna via d'uscita. Se andrò, lui verrà con me. Non potrò fermarlo.

Il portale è un gigantesco rettangolo di luce increspata. Dall'altra parte c'è la mia casa... se si può avere fiducia nei maghi beta e credere alle loro parole.

Casa, dove c'è un solo sole. Una sola luna. E tasse. E assegni a vuoto. E l'affitto. E stupidi capi...

E Khan. Attraverserà il portale con me e si avventurerà in una terra aliena. Tutto qui. Lo guarderò fare l'ultimo sacrificio per me. Rinunciare a tutto ciò che ha mai conosciuto. Per me.

E poi lo guarderò morire.

"Trenta secondi", dice in tono monotono il beta. Sento il sapore del sangue. Un pizzicore al labbro. Mi sono morsa. C'è un dolore fisico che si sta facendo sentire nel nostro legame e non riesco a capire se si tratta del dolore di Khan o del mio.

"Emma". Khan mi sfiora la guancia con il pollice. "È ora". E mi fa avanzare un po'. I miei passi rallentano man mano che ci avviciniamo al portale, e le gambe mi diventano sempre più pesanti. Il mio corpo sta ricordando. Nella mente scorrono le immagini di tutto quello che è accaduto: l'essere risucchiata dalla palude, il risveglio nella gabbia; la casa d'aste e l'aia degli odori; Khan che ruggisce in sottofondo e il mio corpo che risponde alla sua vicinanza.

La mia pelle pizzica e sono tutta sudata. Niente più Khan. Niente più fusa. Niente più calore. Niente più amore. Una vita di libertà, squallida e vuota come un deserto, si estende davanti a me. E io non la voglio più. Scelgo la gabbia.

Mi giro e, con la mano libera, afferro il braccio muscoloso di Khan, stringendolo forte.

"No", dico. Ho il palmo umido e appiccicoso, e la mia presa scivola un po'. "No. Fermati".

"Dieci secondi", dice il beta.

"Il portale si sta chiudendo", tuona Aurus dietro di noi.

Ma tiro indietro Khan. "Non voglio". Gli affondo le unghie nei muscoli mentre il suo profumo al cioccolato affumicato mi riempie le narici. Il pensiero di non sentirlo mai più è quasi la mia rovina. "Non voglio vivere senza di te!"

"Emma..." Il volto e il busto di Khan vengono investiti dal bagliore, che fa impallidire la sua pelle viola e mette in netto risalto gli scuri tatuaggi. La pressione dell'aria mi soffoca. Il sangue mi ribolle nelle vene. Il portale si è aperto e ci ha inghiottito? Ci siamo cascati? Forse stiamo morendo. Forse è essere l'ultimo attimo della mia vita e devo assicurarmi che Khan sappia.

"Te", grido mentre la luce del portale ci inonda, accecandomi, facendo svanire l'alfa davanti a me. "Io ho scelto te!" La luminosità è così densa da far galleggiare il mio corpo. Posso ancora sentire Khan e stringerlo, mentre nuoto nell'aria. Una ruggente raffica di vento mi preme contro le orecchie, ogni cellula si alza e urla, e poi il mondo si oscura.

178

21

EMMA

"Emma, Emma", una voce profonda mi sta chiamando dolcemente. È Khan. Sono nelle sue ginocchia. Profuma di cioccolato, di pino e di un falò sotto le stelle infinite.

"Khan?" Strizzo gli occhi, cercando di vedere meglio, ma subito avverto un leggero bruciore, come se avessi guardato il sole troppo a lungo. "Che cosa è successo?"

"Sei svenuta".

"Dove mi trovo?"

"Ad Altrim. Di nuovo nel mio palazzo". Khan mi pone delicatamente un panno morbido e umido sulla fronte e sulle guance, per poi toglierlo dopo poco. "Il portale si è chiuso. Non c'era niente che potessimo fare. Così ti ho portato qui".

"Stai bene?" chiedo. Apro un po' di più gli occhi. Ho bisogno di vederlo. La calma sta vibrando attraverso il legame, tranquillizzandomi, ma ho comunque bisogno di vedere il mio alfa. Ho bisogno di rassicurazioni.

"Sì, piccola omega". C'è una piega divertita all'angolo della sua bocca. "Sto bene perché sei al sicuro".

"Siamo a casa?" La mia voce si incrina sull'ultima parola.

Una ruga gli compare sulla fronte, per poi distendersi. "Sì, Emma". Mi accarezza la guancia. "Siamo a casa".

"Stavi per venire con me..." Mi fermo, cercando di comprendere la gravità delle ultime ore. Khan era pronto a rinunciare a tutto per me. Dopo tutta una vita alla ricerca di un'omega con cui formare una famiglia, aveva trovato me... Eppure...

"Sì, volevo farlo". La sua faccia ruvida è tutta sorrisi, ma ci sono cerchi scuri sotto gli occhi socchiusi, scintillanti. Te l'avevo detto: niente qui ha significato senza di te".

"Saresti potuto morire!" Solo ora me ne rendo conto, e soffoco un singhiozzo.

"Un rischio che ero disposto a correre". Allunga una mano e asciuga la lacrima che mi sta scivolando giù lungo la guancia. "Sei la mia compagna, Emma. La mia anima gemella. Ne troviamo solo una nella vita; la maggior parte non la trova affatto. Molti non credono nemmeno che esista un legame di anime, ma io, quando ti ho trovata, ne ho avuto la conferma".

"E i tuoi eredi? E la necessità di rimpinguare l'esercito di alfa?"

Mi fa un sorriso ironico. "Non mi aspettavo che tu generassi un intero esercito, comunque", dice. "Ora abbiamo trovato un modo per ottenere omega; con loro, gli altri re saranno in grado di garantire la sopravvivenza della nostra razza. Avranno bambini alfa e omega, che, a loro volta, cresceranno e ne metteranno al mondo altri. E così via".

"Eri davvero pronto a fare quel sacrificio. Per me..." Sto parlando con me stessa più che con lui. Non ho bisogno della sua risposta. Me ne ha già fornito la prova.

E sento che il mio cuore potrebbe esplodere. Non mi ero resa conto di amarlo, di amarlo sinceramente, finché il mago non ha detto che sarebbe potuto morire attraversando il portale.

"Khan..." comincio. Deve saperlo. "Quando quel beta ha detto che avevi solo il 20 percento di possibilità di sopravvivenza, ho capito una cosa".

"Che cosa?" C'è una tenerezza infinita nei suoi occhi, oltre a qualcos'altro: un bagliore di consapevolezza.

"Ti amo". Distolgo lo sguardo, improvvisamente timida. "E ho avuto un altro pensiero folle..." *Posso dirglielo?* Volevo a malapena ammetterlo a me stessa.

"Sì?" mi sollecita, quando taccio.

Faccio un respiro profondo. "Ho sperato di essere incinta, così mi sarebbe almeno rimasta una parte di te, quando te ne fossi andato".

La reazione di Khan mi sorprende. Invece di mostrare shock o gioia, alza semplicemente un sopracciglio. "È così?"

Annuisco.

Allunga una mano e prende la mia, stringendola. "C'è qualcosa che devo dirti ora", prosegue, "e potrebbe angosciarti. Vuoi che faccia le fusa?"

Il mio cuore inizia a battere forte e sento i primi brividi di panico. "No. Dimmelo e basta".

"Sei incinta", mi annuncia e, a suo merito, devo dire che non sembra affatto compiaciuto. Solo apprensivo da morire.

Non riesco a credere alle mie orecchie. "Come fai a saperlo?" gli chiedo con voce roca.

"Prima che potessimo attraversare il portale, sei svenuta. Ti ho fatto visitare dai maghi. Pensavo che fosse dovuto al calore, che è debilitante per le omega e potrebbe esserlo ancora di più per le femmine umane. Non mangiavi, avevi perso peso ed eri sempre stanca..."

Sapevo già che l'aveva notato, ma solo ora mi rendo conto che, per tutto il tempo, la sua preoccupazione per me è stata evidente. Provavo così tanta nostalgia e tristezza da non accorgermene.

"Sono incinta?" Istintivamente, mi porto una mano alla pancia. "Oddio!"

"Mi dispiace tanto, Emma". Sembra sinceramente sconvolto. "Per quanto lo volessi, ora che so quanto tu non..." La sua voce si spegne.

Osservo il suo volto sorprendente e familiare, il volto che ho visto contorto dalla rabbia, dalla lussuria e dalla gelida brutalità mentre lui si faceva largo tra quegli alieni, all'asta. Con attenzione, rifletto sui sentimenti suscitati da ciò che mi ha appena detto. Non sono così spaventata come temevo.

"Va tutto bene", lo rassicuro. "Non sono arrabbiata. In effetti, più ci penso, più mi rendo conto di essere davvero eccitata". Mentre lo dico, mi rendo conto che è la verità. Solo perché sto per avere un bambino non significa che debba rinunciare al mio altro amore: la pittura. Non me ne resterò a casa, incinta e con un compagno fannullone che mi tratta come una merda, sempre ammesso che rimanga nei paraggi. Non dovrò sacrificare la mia carriera per allevare un bambino. *Era* di questo che avevo davvero paura. Non di avere figli.

"Davvero?" Il suo viso si illumina di un'improvvisa, pura felicità. È come se dentro di lui si fosse accesa una lampada. "Sei eccitata?"

"Sì". È la verità. Non solo posso stare con il mio compagno – che mi ama così tanto da morire davvero per me, per Dio – ma posso realizzare il suo più grande desiderio. Il suo desiderio più profondo.

L'immagine di un mini-Khan lampeggia nella mia mente. O forse sarà una bambina. Avrà la mia pelle o la sua? Gli occhi di chi? Avrà i tatuaggi degli ulfarri? Poi vado nel panico. "Ma noi possiamo anche... Voglio dire, è fattibile?" Uso il termine più clinico che mi viene in mente per allontanare il terribile sospetto che i nostri geni possano essere incompatibili.

"I maghi mi hanno assicurato che avrai una gravidanza serena o, almeno, che avrai le stesse possibilità di partorire un bambino sano di una qualsiasi umana o femmina ulfarri in età fertile". Un picco di dolore lampeggia sul suo viso, veloce come un fulmine, ma me ne accorgo lo stesso. So che sta pensando a sua madre. "Devi solo prenderti cura di te stessa ed io devo prendermi cura di te".

"Lo fai già", lo rassicuro, stringendogli la mano.

"Ti amo, piccola Emma", dice e, anche se sapevo già cosa provava per me, sentirglielo dire mi fa venire altre lacrime agli occhi. Lacrime di gioia.

"Ti amo anch'io", riesco ad aggiungere.

Chinandosi, mi bacia, non con l'impeto e la selvaggia lussuria di sempre, ma con una tenerezza che mi fa male al cuore. "Ora dormi", mi sussurra, inducendomi a chiudere gli occhi con una carezza. "Sei al sicuro. Sei a casa. E io sono qui".

Inspiro profondamente, respirando il suo profumo di pino affumicato.

Khan inizia a fare le fusa.

EPILOGO

Emma

Nel mio studio di pittura il tramonto è un momento magico. La luce inonda il mio tranquillo angolo del palazzo, facendo luccicare l'aria. L'ora magica. La conclusione perfetta della mia sessione di pittura, e della mia giornata.

Faccio qualche passo e immergo i piedi nell'acqua fresca che scorre nel canale. Il ruscello si immette in una piscina a sfioro sul bordo della grande piattaforma e poi precipita, andando a infrangersi sulla piattaforma sottostante. Al di là della piscina a sfioro, il cielo color lavanda sfuma in un viola bluastro a un angolo dell'orizzonte.

Mi allungo, sciogliendo i muscoli tesi. Sono ore che dipingo nel mio studio, ma mi sembra un battito di ciglia. Non mi accorgerei del tempo che passa, se non fosse per il tramonto del sole e la sensazione di pesantezza al seno.

Si ode un piccolo grido, e subito il mio latte inizia a sgorgare, facendomi mordere il labbro. Mi giro proprio mentre una sezione di pietra del muro si sposta di lato e si apre un varco. Khan l'attraversa, tenendo in mano un piccolo fagotto avvolto in una coperta.

Nostra figlia.

Il mio compagno procede velocemente per tutta la lunghezza della vasta stanza, passando davanti alle tele che ho appoggiato alle pareti torreggianti.

"Sono rimasto lontano il più a lungo possibile", dice, in tono di scusa. "Ma ora vuole te".

Torno indietro, così da potermi sedere sulla mia sedia più comoda, e slaccio la spilla in cima al mio abito. Il tessuto cade, scoprendo i seni. L'abbigliamento ulfarri è molto comodo e funzionale, soprattutto per le omega che allattano.

Quando Khan mi raggiunge, sono già in posizione. Tendo le braccia e lui mi poggia in grembo la nostra piccola, e qualcosa in me sospira. Ogni tensione residua alle spalle si scioglie, cedendo il posto a un'appagante sensazione di benessere.

"Eccoti", mormoro, allentando la copertina blu notte della mia bambina in modo che possa girare la testa e trovare il mio capezzolo. Il suo viso minuscolo si accartoccia, ma poi subito si rilassa quando il latte scorre. Il suo pugnetto poggia sulla curva del mio seno.

La pelle di nostra figlia è di una tonalità molto pallida di lavanda, come la sezione di cielo più vicina al sole ulfarri più luminoso. I suoi capelli sono azzurri. Il colore del cielo terrestre. Terra e Ulfaria si sono fuse insieme: questa è Emilia. Il meglio di Khan e di me.

La sposto sul mio seno sinistro e lei piagnucola. "Buona, piccola", le dico. "Andrà tutto bene".

Il mio compagno torreggia su entrambe; la sua altezza imponente proietta un'ombra sui nostri volti. Il suo silenzio guardingo mi fa sentire al sicuro. Khan lascia raramente il mio fianco, solo per lasciarmi dipingere.

"La mamma ti stava dipingendo", mormoro a nostra figlia; poi faccio un cenno a Khan. "Da' un'occhiata. Ho fatto un altro ritratto".

Gira la tela, così che possiamo osservarla entrambi. Noi tre siamo in bilico su uno skimmer sopra un lago argenteo. Dietro di noi, ho dipinto le montagne di Altrim che si ergono in lontananza, con spesse strisce di marrone e verde a rappresentare la maestosa distesa. Khan e io stiamo sorridendo e i nostri vestiti svolazzano, mossi da una brezza invisibile.

"Questo è diverso dall'ultimo", dice Khan. La sua fronte si corruga e piega la testa di lato.

"Esatto". Ritraggo il capo e nascondo un sorriso appoggiando la bocca alla testolina di Emilia. Khan sta ampliando le sue conoscenze sull'arte. Gli ultimi dipinti che ho fatto ci ritraevano seduti in un giardino. Erano quadri leggeri e ariosi, come quelli di Mary Cassatt. I colori alieni del mio nuovo mondo hanno aggiunto un tocco di stravaganza.

"Mi piace". Accenna col capo alla tela e torna al mio fianco. "Ha un che di..."

"...maestoso".

"Sì. Ottimo lavoro". Nota il mio sorrisetto e mi tocca la guancia. Si prende del tempo per osservare tutti i miei dipinti e mormorare la sua approvazione. All'inizio non era propenso a farsi ritrarre, ma, una volta abbandonata quella strana superstizione riguardo alla rappresentazione animata degli esseri viventi, ha accettato anche troppo di buon grado che lo dipingessi. Dev'essere tipico degli alfa. Hanno un ego davvero spropositato.

Sarebbe meglio che Aurus non scoprisse mai che dipingo ritratti. Pregherebbe per averne uno suo a grandezza naturale. O uno gigantesco da appendere a una parete del suo palazzo. Per vederlo soddisfatto, dovrei ingrandirglielo cento volte.

186

Non che ultimamente siamo stati molto in contatto con Aurus. È troppo impegnato con la sua omega.

Mia figlia dischiude la bocca, poi si stacca dal mio seno con un sospiro e fa un adorabile ruttino.

"Ecco", mormoro. "Papà ti ha stancato?" Gli occhi di Emilia si chiudono.

Khan la prende e torna nella nostra camera da letto, accarezzando la schiena della bambina. Lo seguo fuori dal mio studio e lungo le nostre ampie stanze. Emilia si addormenta prima che Khan raggiunga la sua culla.

"Abbiamo un paio di ore", dice, fasciandola stretta e mettendola giù. Il suo viso lilla pallido fa capolino dalla coperta blu notte. Un burrito di bambina.

Khan si gira, le sue spalle larghe mi bloccano la visuale. L'ardore nei suoi occhi scuri mi induce a fermarmi e invia un'ondata di eccitazione verso il mio nucleo. Il suo profumo mi circonda e già sento i miei umori colare lungo l'interno delle cosce.

Pochi passi e mi solleva tra le sue braccia. "Sei stanca?" mormora.

"No". Gli avvolgo le braccia intorno al collo, avvicinando la testa per inalare il suo odore muschiato. I capelli blu-neri sventolano sul mio viso. Ha un profumo di cannella oggi, che intensifica la ricchezza appetitosa del suo solito profumo al cioccolato.

"Hai fame?" Sempre portandomi in braccio, lascia la camera di nostra figlia e si dirige verso una tavola imbandita. "Sete?"

"No". La mia voce è bassa e roca. Infilo le dita più a fondo tra i suoi capelli scuri, così che le mie unghie possano graffiargli leggermente il cuoio capelluto.

Khan cambia direzione, dirigendosi verso la nostra camera da letto. Il nostro nido. Il suo ringhio inizia a rimbombare attraverso di me e il mio corpo risponde, mentre il clitoride pulsa. Mi giro tra le sue braccia, inclinando il mio corpo per premere contro il suo. L'abito fluido che indosso mi cinge i fianchi quando Khan lascia che mi metta a cavalcioni su di lui. E poi ci buttiamo sul letto. Lui è sopra di me, a coprirmi con la sua massa possente. Mani forti mi afferrano i polsi, bloccandoli sopra la mia testa.

"La mia Emma", fa le fusa. "Mia".

"Tua", sussurro, appena prima che le sue labbra calino sulle mie.

VUOI ALTRI OMEGAVERSE? Rivendicazione brutale ora con un clic!

RIVENDICAZIONE BRUTALE

Aurus:
Il re supremo di Ulfaria non ha bisogno di presentazioni. Ciò di cui ho bisogno è un'omega.

E ora, ne ho trovata una: Kim. È piccola e perfetta, come sapevo che sarebbe stata.

Esigerò la sua obbedienza, poi creerò per lei il nido perfetto e le permetterò di generare i miei eredi.

Promette di sfidarmi, ma in un modo o nell'altro si sottometterà.

Kim:
Non sa cosa l'aspetta.

～

Rivendicazione brutale - Libro 2 della serie *Il pianeta dei re*

CAPITOLO EXTRA ESCLUSIVO!

Vuoi leggere ancora di Kim e Aurus? Iscriviti alla newsletter di Pianeta dei re QUI (https://geni.us/omegaversefreebieIT) e ricevi come bonus speciale una novella che non è disponibile da nessun'altra parte!

Cosa dai a un re che ha tutto? Kim ha un'idea...

VUOI LEGGERE ANCORA DEL PIANETA DEI RE?

Compagno brutale - La storia di Emma e Khan

Rivendicazione brutale - La storia di Kim e Aurus

Cattura brutale - Haley e il Re cacciatore

Bestia brutale - Rose e il Re delle bestie

Un regalo per l'alfa - Brevissima novella bonus con Kim e Aurus, con un cameo di Emma e Khan

Puoi iscriverti per ricevere la storia GRATUITAMENTE qui: https://geni.us/omegaversefreebieIT

A PROPOSITO DI TABITHA BLACK

Tabitha Black, autrice di bestseller di USA Today, scrive storie d'amore kinky da oltre quindici anni. Mentre i suoi primi romanzi erano storici, ha poi scoperto le gioie dello scrivere libri più contemporanei, con una maggiore enfasi sul BDSM, come anche la narrativa più dark ed edgy. Le sue ultime incursioni sono nel dark romance paranormale, incluso l'affascinante mondo dell'Omegaverse M/F.

Ha un debole per il buon caffè, gli uomini forti e dominanti e i tatuaggi.

A Tabitha piace ricevere posta; quindi, se vuoi contattarla, scrivile su tabitha_black@hotmail.com. Puoi anche iscriverti alla sua newsletter, seguirla su BookBub o unirti alla sua pagina Facebook. Grazie per la lettura!

Non perderti questi altri entusiasmanti libri di Tabitha Black!

A PROPOSITO DI LEE SAVINO

Lee Savino è un'autrice bestseller di smexy romance negli Stati Uniti di oggi. "Smexy" sta per "smart e sexy". Trovala nel Goddess Group su facebook e scarica gratuitamente un libro su www.leesavino.com!

La trovi su:
www.leesavino.com

Vuoi altri alfa ringhiosi? Dai un'occhiata alla Saga dei Berserker. Inizia con *Venduta ai Berserker*.

Ricordati di scaricare il tuo libro gratuito su www. leesavino.com

ALTRI ROMANZI DI LEE SAVINO
ROMANCE CONTEMPORANEO

Romanzo Paranormale

La Saga dei Berserker. Questi valorosi guerrieri non si fermeranno di fronte a niente per rivendicare le loro compagne...Comincia con <u>Venduta ai Berserker</u>

Alfa ribelli, con Renee Rose (cattivi ragazzi licantropi) – comincia con Tentazione Alfa.

Romanzi Contemporanei

La bella e i boscaioli
Dopo quest'ultima stagione di taglio del bosco, chiuderò con il sesso. Per... un certo numero di ragioni.

Il principe scapestrato
Non mi innamorerò del mio arrogante e irritante capo che si proclama dio del sesso. No. Neanche per sogno.

Il Mio Daddy È Un Marine
Il mio fichissimo eroe dei marine vuole che lo chiami papà...

 Creato con Vellum